KB143477

소중한 나날

이흥수 수필집

초판 발행 2018년 10월 15일
지은이 이흥수
펴낸이 안창현 펴낸곳 코드미디어
북 디자인 Micky Ahn 교정 교열 백이랑

등록 2001년 3월 7일
등록번호 제 25100-2001-5호
주소 서울시 은평구 갈현로 318-1 1층
전화 02-6326-1402 팩스 02-388-1302
전자우편 codmedia@codmedia.com

ISBN 979-11-86104-95-8 03810

정가 12,000원

이 책은 용인시문학창작지원금을 받아서 출판되었습니다.

소중한 나날

이흥수 수필집

저녁노을이 은은하게 물들어가고 있습니다. 숨 가쁘던 하루를 마무리하는 여유가 스치는 바람과 함께 찾아옵니다. 우리에게 내일이 주어진다면 또 소중하게 하루를 살아가야 하겠지요. 시간은 어떤 경우에도 멈추지 않고 쉼없이 어디론가 흘러가고 있습니다. 사람들은 자기도 모르게 시간의 어느 지점에 편승하여 열심히 주어진 삶의 쳇바퀴를 돌다가 자기도 모르는 어느 지점에서 도중하차하는 승객에 불과합니다.

누구도 어쩔 수 없는 자연의 섭리에 적응하며 살아가는 일상의 편린들을 모아 '소중한 나날'이라는 수필집을 엮었습니다. 늘 책을 가까이하며 살아왔고 글을 쓰고 싶다는 생각은 있었지만 선뜻 용기가 나지 않았습니다. 글의 한 단락을 만들기 위해 여러 문장의 표현들을 수없이 고심해야 하는 과정을 누구보다 잘 알고 있었기 때문입니다. 어느 날 생각지도 않게 품고 있던 마음이 들키는 순간,

마지막 기회라고 생각하며 용기를 냈습니다. 오랫동안 잠자고 있던 감성을 깨우기가 결코 쉽지 않아 망설임도 많았습니다. 운명처럼 다가온 글쓰기를 하느라 5년이라는 날들이 어떻게 지나갔는지 몰랐습니다.

늦은 나이에 새삼스럽게 수필을 시작하여 힘들어하는 모습을 배려하고 응원하며 언제나 부족한 글의 첫 번째 독자를 자청하던 멋진 남편이 옆에 있었습니다. 지금 돌이켜 보면 더없이 행복한 날들이었습니다. 따뜻한 기억들을 가슴에 담고 내일을 향해 쓸쓸하지만 용감하게 발걸음을 옮깁니다. 살아 있는 동안 마음을 열고, 많은 것을 보고, 느끼며 깨달아 독자들이 공감할 수 있는 진솔한 글을 쓰도록 항상 깨어 있는 삶을 살아가겠습니다. 지도해주신 교수님과 주위의 모든 분들께 진심으로 감사드립니다.

2018년 가을 이흥수

Contents

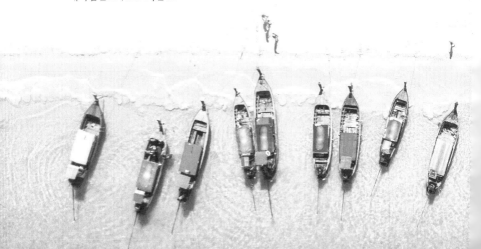

우리가 살아가는 삶도 하나의 길이다.
우리들은 길의 시작도 모른 채 태어나고 끝도 모른 채
쉼 없이 굽이굽이 펼쳐진 각자의 삶의 길을 따라가야 한다.

– 「길」 부분

- 1 -
소소한 즐거움

수국이 있는 화병, 최길성作, 2009년

소소한 즐거움

　　벚꽃이 진 자리, 싱그러운 가로수 잎들 사이로 한 줄기 시원한 바람이 스친다. 새들의 지저귐도 요란하게 들려온다. 걸어가는 길마다 풀 냄새가 코끝을 스친다. 빨간 장미 넝쿨이 담장 넘어 줄지어 향기로운 인사를 한다. 여름으로 가는 길목은 한층 풍요롭다. 나날이 새로워지는 자연을 유심히 관찰하며 느껴보는 일상도 우리에겐 소소한 즐거움이다.

　　오늘 알뜰시장에서 오이를 한 접 배달시켰다. 해마다 장마가 오기 전 이맘때면 오이지를 담는다. 장마가 오면 시장가기도 힘들고 먹을 만한 채소가 마땅치 않다. 오이지를 새콤달콤하게 무치기도 하고 무더울 때는 시원하게 오이냉국으로 더위를 달래본다. 여름철 반찬으로 가장 개운하고 경제적이다. 오월 초에는 햇마늘로 장아찌를 담갔다. 마늘을 사다가 현관에 놔두고 수필을 쓰느라 끙끙거리고 있었다. 바람 따라 솔솔 실내로 마늘 냄새가 스며들었다. 글쓰기를 미루고 현관에서 마늘 까기를 시작하였다. 안 풀리는 문장을 붙들고 씨름하다 보니 마늘 까기는 손을 움직일수록 속도가 붙고 마음이 뻥 뚫리는 쾌감이 있었다. 오월 말과 유월 초 사이에는 매실 효소와 양파 효소도 담갔다. 철 따라 나오는 재료로 이것저것 준비하여 아이들도 주고 이웃들과 나누는 것도 살림하는 여자들의 빼놓을 수 없는 즐거움이다.

얼마 전 남편 고등학교 친구들과 부부 동반으로 산정호수로 나들이를 갔다. 해마다 봄, 가을 버스 두 대를 빌려 제법 멀리까지 야유회를 갔었다. 시간이 지날수록 친구들이 건강상 또는 이런저런 이유로 참석하지 못해 올해는 버스 한 대로 출발하였다. 요즘은 비교적 가까운 곳에서 하루를 부담 없이 보내는 일정을 택한다. 산정호수는 예나 지금이나 공기가 쾌적하다. 호수 주위를 한 바퀴 돌며 밀린 대화를 나누느라 여기저기 웃음꽃이 피었다. 점심 식사는 포천의 유명한 이동갈비집이었다. 모두들 모처럼 만나 맛있는 식사를 하며 시끌벅적하다. 식사 후에는 온천욕을 하며 피로를 풀었다. 돌아오는 버스에서는 오래간만에 참석한 친구를 불러내어 근간의 이야기를 들어보는 시간도 가졌다. 항상 헤어질 때는 부인들을 배려하여 간단하게 저녁 식사를 하고 헤어진다. 화창한 봄날 부부들이 함께 식사 걱정 없이 하루를 잘 보낼 수 있는 즐거움에 다음 만날 날이 기다려진다.

주말에는 용인에 지인과 내가 함께 가꾸고 있는 작은 농장에 아이들을 데리고 갔다. 입구의 보리수나무는 구슬처럼 투명하고 빨간 열매를 가지마다 조롱조롱 탐스럽게 매달고 있다. 보라색 꽃을 피운 라벤더와 으아리 꽃이 반갑게 인사를 한다. 아이들은 뒤뜰에서 산딸기와 앵두를 따다가 신기한 듯 우리에게 일일이 맛을 보인다. 아파트에 갇혀 살다가 공기 좋은 야외로 나오니 모두가 기분이 상쾌하다. 준비해 간 음식과 텃밭에서 바로 딴 상추와 고추, 쑥갓을 씻어 바깥 식탁에 점심을 차렸다. 진수성찬이 아니어도 모두가 맛있다고 먹는다.

야외에서는 맑은 공기가 우리의 입맛을 한층 더 돋워준다. 나비와 꽃, 텃밭을 보고 좋아서 뛰어다니는 아이들을 보는 것도 오늘 하루의 즐거움이다.

우리들은 늘 삶에서 몇 번 올까 말까 한 큰 기쁨만 막연하게 기다리고 있다. 주위에 있는 작고 소소한 일상 속 즐거움들의 소중함을 인식하지 못하고 그냥 지나쳐 버리기 일쑤다. 하루하루 살아가는 나날이 다시는 또 우리에게 오지 않는 날이라고 생각해본다. 비록 오늘이 우리에게 최고의 날이 아니라 할지라도 감사한 마음으로 기쁘게 살아가야 할 용기가 생긴다. 소소한 즐거움을 한순간도 놓치지 않고 쌓으면 그것이 곧 생활의 큰 즐거움이 된다는 진리를 배운다.

비우는 연습

요사이 하루하루 비우는 연습을 하고 있다. 시간이 지날수록 쌓이는 잡다한 물건들과 무거워진 마음을 살펴본다. 이사 온 지 십여 년이 지나 구석구석 넣어놓고도 까맣게 잊어버린 물건도 더러 있었다. 혹시 언제라도 한 번은 쓰임새가 있을 것 같은 생각에, 몇 번을 정리하려다 미루어 둔 것도 있다. 시원찮은 물건은 미련 없이 버렸다. 쓸 만한 물건은 다른 사람이라도 쓸 수 있게 아파트 분리수거하는 날마다 가지런히 몇 차례씩 내다 놓았다. 얼마 후 나가보면 어느새 물건들이 깨끗이 치워져 있다. 서운한 마음보다 꼭 필요한 사람이 요긴하게 사용할 것을 상상하니 오히려 흐뭇하고 홀가분한 느낌이 들었다.

옷장을 열어 보았다. 값비싼 정장일수록 몇 번 입어 보지 못하고 유행이 지나도 아까운 마음에 그냥 걸어두고 있다. 어느 해 생일, 남편이 특별히 선물한 옷, 첫아이가 고등학교에 입학한 봄에 두근거리는 가슴으로 담임선생님을 면담할 때 입었던 옷이다. 몸무게를 조금만 조절하면 아직 입을 수 있겠다는 착각 속에 남겨 놓은 옷들도 있다. 그동안 몇 번이나 이사를 하면서도 추억이 쌓인 옷들이라 차마 정리하지 못하고 간직하고 있다. 그 옷들을 볼 때마다 새록새록 떠오르는 다시 오지 못할 지난 시간에 대한 그리움 때문이리라. 이번에는 눈 딱 감고 모두 헌옷수거함에 넣고 냉정하게 돌아섰다. 나이가 들면서 이 핑계 저 핑계로 늘어나는 쓸데없는 집착에서 벗어나고 싶은 마음에서다.

오래간만에 책장도 둘러본다. 신간 서적들은 비교적 손이 쉽게 닿는 곳에 두고 필요할 때마다 보고 있다. 책장에는 주로 지난날 읽으면서 감동 깊었던 문학 작품과 사전 또는 전문서적들이다. 문학 작품들은 대부분 시간의 여유가 있을 때 다시 읽어 보고 싶었던 책들이다. 몇 권씩 펼쳐보니 책 페이지는 누렇게 변하고 활자는 너무 작아 도저히 읽을 수 없는 책들이 많았다. 어쩔 수 없이 정리하며 한 권씩 살펴보다 뜻밖에도 법정 스님의 『버리고 떠나기』 수필집이 눈에 들어왔다. 보고 싶었던 옛 친구를 우연히 만난 것처럼 뛸 듯이 반가웠다. 책을 정리하다 말고 단숨에 스님이 조곤조곤 들려주는 삶의 지혜에 다시 한번 빠져 들어갔다. "버리고 비우는 일은 결코 소극적 삶이 아니라 지혜로운 삶의 모습이다. 버리고 비우지 않고는 새것이 들어설 수 없다." 명쾌한 해답에 용기가 생겼다.

어느 날 오후 군데군데 쌓아 둔 사진들을 모아 들여다보았다. 새삼 참 많은 날들이 지나갔다는 생각이 들었다. 결혼 전 각자의 성장을 볼 수 있는 사진부터, 결혼 후 오십 년 가까이 모아둔 우리들의 산 역사다. 꿈에 그리던 여행지에서 순간순간 펼쳐지는 시간과 배경들은 아직 어제같이 생생하게 떠오른다. 새 희망을 다지던 결혼부터 아이들이 자라온 과정도 고스란히 담겨 있다. 그중에는 보고 싶어도 영영 볼 수 없는 뼈아프게 그리운 잊지 못할 가족도 있다.

웃고 울면서 꼭 필요한 사진만 남기고 모두 정리하였다. 시간이 얼마나 지났는지 눈이 침침하고 정신이 혼미해졌다. 사방을 둘러보니 어느새 어둑어둑 해가 지고 있다. 텅 빈 것 같은 허전한 마음 사이로 "침체되고 묵은 과거의 늪에 갇히기보다 선뜻 버리고 비우는 것은 새로운 삶으로 열리는 통로다."라는 법정 스님의 말씀이 들린다. 참 많은 위로가 되었다.

해가 거듭될수록 짓누르는 마음의 무게도 하나씩 비우려고 노력해 본다. 마음을 비운다는 것, 누구나 생각과 말로는 쉽게 공감하며 필요성을 느낀다. 막상 시도해 보면 물건을 버리는 것보다 한층 더 어렵고 힘든 고통스러운 과정이 따른다. 젊은 날에는 도저히 용납할 수 없었던 문제들도 이해하려고 애쓰며 마음의 짐을 덜어본다. 아직도 비우지 못한 어리석은 욕심이 발목을 잡고 있는지 자신을 곰곰이 들여다본다. 냉정히 판단하여 도저히 불가능한 것들은 과감히 떨쳐 버리려고 안간힘을 써본다. 묵은 찌꺼기를 정화시키듯 부질없는 근심과 걱정거리도 내려놓는다. 한결 여유로운 마음과 또 다른 채움을 위하여 비우는 연습은 살아 있는 동안 끊임없이 이어져야 할 우리들의 피치 못할 과제다.

동행

알싸한 봄 냄새를 맡으며 꽤 가파른 근처 산길을 오른다. 친구가 있어 지루하거나 힘들지 않다. 눈에 보이는 자연의 변화와 일상_{日常}의 이야기로 쉼 없이 대화가 이어진다. 반나절 만에 돌아올 수 있는 짧은 코스에도 같이하는 친구가 있다는 것은 언제나 설레고 든든하다. 세상이라는 길고 폭넓은 길을 함께할 수 있는 좋은 친구를 만난다는 것은 가장 원초적이고 절실한 염원이다.

올해 초, 무용가 강수진 씨가 우리나라 국립발레단장을 맡았다. 그는 청소년기부터 발레의 발상지인 유럽에 진출하여 피나는 노력을 하였다. 혹독한 연습으로 일그러진 그의 발 사진은 많은 사람들에게 뭉클한 감동을 주었다. 그 결실로 서양인도 꿈꾸기 어려운 독일 슈투트가르트 종신 단원으로 최고의 대우를 받게 되었다. 국립발레단장을 맡고 한 달 후에 가진 기자와의 인터뷰에서 그는 이렇게 말했다. "내 인생의 전환점은 발레단 경력이 꽃폈을 때가 아니라 남편을 만난 이후였다. 그전까지는 늘 사막에 홀로 떨어진 것 같았고 우주의 미아처럼 떠도는 느낌이었다." 일곱 살 연상인 남편 툰치소크맨은 같은 발레단 선배이면서 전천후 요리사이며 자상한 친구이자 그의 엄격한 매니저이다. 남다른 부부애를 느끼는 그들은 누구보다 상대방을 이해하고 배려하는 최고의 동행자로 많은 사람들로부터 부러움을 사고 있다.

신이 인간에게 내려준 가장 귀중한 선물은 남녀가 만나 함께 세상을 바라보고 걸어갈 수 있게 허락한 것이다. 남녀가 만나 서로를 알아가고 사랑하고 실망하는 과정은 인류의 모든 희로애락喜怒哀樂의 시발점이 되는 중요한 부분이다. 서로 다른 환경에서 자란 두 사람이 별 무리 없이 평생을 산다는 것은 정말 어려운 일이다. 이 과정을 극복하는 것은 두 사람의 굳건한 사랑도 필요하겠지만 가족들의 배려도 절실히 요구된다. 요즘 우리나라의 많은 젊은이들이 여러 가지 이유로 안타깝게도 적령기를 놓치고 있다. 이 세상에 완전한 사람은 없다. 혼자 가기에는 너무 버겁고 쓸쓸한 삶일 수 있다. 부족하지만 나로 인하여 한 사람이 조금이라도 희망을 가질 수 있고 내가 그 사람으로 인해 위로를 받을 수 있도록 노력했으면 좋겠다.

얼마 전 이웃에 사는 주부와 대화를 하게 되었다. 자기는 친정 복이 없다고 말했다. 자랄 때는 경제적으로도 힘들었고 다른 여러 가지로도 많은 어려움을 겪었다고 했다. 남편을 만나고부터 모든 것이 순조롭게 이루어져 시댁 복은 많다고 말했다. 말을 듣는 순간 친정에서 어려움이 있었기 때문에 더 노력하고 살아 오늘의 삶에 감사할 수 있지 않았을까 생각해 보았다. 무언가 부족한 상태에서 만나 서로가 보완할 수 있도록 함께 노력하는 과정은 무엇보다 보람 있는 동행이다. 모든 것을 갖추고 아무 아쉬움이 없다면 상대방에게 절실하게 다가설 자리가 없었을 것이다.

우리나라 부부의 이혼율이 40%를 웃돌고 OECD 국가 중 1위라는 불명예스러운 통계가 나왔다. 부부가 갈라서는 데는 경제적인 부분, 성격 차이 등 여러 가지 유형이 있겠다. 우리나라가 갑자기 경제적 형편이 좋아지고 자녀의 수가 줄어든 것에도 많은 영향이 있다. 생활에 여유가 있고 시간적인 여유가 있는 요즘 부모들은 독립한 자식들에게 애착을 끊지 못한다. 원하지 않는 부분까지도 지나치게 간섭하고 동참하고 싶어 한다. 출가出家한 자식들이 스스로 자기들의 부족한 삶을 헤쳐 나갈 수 있는 시간적 여유를 주지 않는다. 부모들은 한발 물러서서 자식들이 가는 길을 말없이 지켜보며 그들이 아름다운 동행을 할 수 있도록 응원해야 한다.

해가 어스름히 질 무렵 동네 어귀에 노부부가 다정하게 걸어오고 있다. 언뜻 보기에 팔십 대 후반으로 보인다. 아직은 두 분의 건강이 겉으로 보아서는 아주 나빠 보이지는 않는다. 새삼스럽게 존경스러운 마음이 우러난다. 저분들도 삶이란 전쟁터에서 생사고락生死苦樂을 같이하는 전우戰友가 되어 지금까지 걸어왔을 것이다. 때로는 햇살 같은 자손들의 웃음에 희망을 걸고 아픈 상처를 서로 어루만지며 이제는 서서히 종착역을 향해 가고 있다. 외롭고 힘든 길에 늦도록 동행하는 부부를 만난다는 것은 가장 고귀한 예술작품을 보는 듯 따뜻한 감동과 위로를 받는다.

길

며칠째 초여름 같은 봄 날씨다. 놀란 꽃망울들이 선잠을 깨고 말았다. 봄에 피는 꽃들이 보름이나 앞당겨 순서도 없다. 너도나도 한꺼번에 피어 갑자기 꽃잔치가 벌어졌다. 애타게 기다리다 만나는 반가움도 좋지만, 어느 날 자고 나니 눈앞에 펼쳐진 눈부신 벚꽃 길의 선물 또한 진한 감동이다. 우리들의 삶도 예상치 못한 다양한 길들을 만나며 끝없이 이어져간다.

화창한 봄날 벚꽃이 바람에 눈발처럼 하얗게 흩날린다. 길 따라 마냥 걸어보고 싶은 충동을 느낀다. 울타리에는 노란 개나리꽃들이 수줍게 고개를 내밀고 나무들은 연녹색 새잎을 틔우느라 햇빛에 반짝이고 있다. 길은 우리에게 언제나 많은 사색을 가져다준다. 옹기종기 집들이 모여 있는 정겨운 골목길도, 산길 따라 작게 이어진 고즈넉한 오솔길도, 나름대로의 깊은 의미가 있다. 해 질 무렵 저녁연기가 피어오르는 소박한 시골길은 어릴 적 외가外家에 가던 가장 마음 따뜻한 기억 속의 길이다.

우리 인류의 소통을 위해 생긴 동맥과 같은 길도 있다. 인류 역사상 가장 오래된 동서양의 문명을 전했던 길은 차茶마馬고도古道다. 세계에서 가장 험한 길로 중국 남부의 운남과 사천에서 시작하여 동부 티베트를 지나 네팔과 인도 그리고 유럽까지 이어져, 중국의 차와 티베트의 말을 사고팔기 위해 만들어졌다. 중국의 실크로드는 중국과 유럽이 육상 또는 해상을 통한 근대 이전의 동서 교역로이며 교역품만 아니라 문화가 유통되는 통로 역할을 하였다. 스페인 산티아고의 순례길은 유럽 문화의 여행길로 스페인 북부에서 시작하여 성 야고보의 유해가 묻힌 산티아고 데 콤포스텔라 대성당에 이르는 길이다. 유럽의 기독교인들이 성 야고보의 선교 정신을 기리며 800km를 도보로 걷는 기독교의 3대 성지 중 하나다. 지금도 많은 사람들이 이 길을 걸으며 위대한 역사적, 정신적 가치를 되새기고 있다.

우리나라에도 산티아고의 순례길을 모방하여 2007년부터 조성된 제주도의 아름다운 올레길이 있다. 기존에 자연적으로 생긴 길들을 이어 제주도를 한 바퀴 걸을 수 있도록 21개의 코스와 다른 몇 개의 길로 개설되었다. 그중 7번 코스는 해안을 따라 바라보는 비경秘景이 빼어나 걷는 사람들의 시선을 사로잡는다. 지리산의 둘레길도 남원시 주천면에서 구례군, 하동군, 산청군, 함양군, 남원 운봉까지 있는 그대로의 자연을 산 따라 물 따라 옛사람들의 역사와 문화를 더듬으며 사람들이 즐겨 찾는 곳이다. 서울과 부산에도 곳곳에 둘레길을 개설하여 일상에 지친 도시인들에게 위안과 활력을 불어넣고 있다.

우리가 살아가는 삶도 하나의 길이다. 우리들은 길의 시작도 모른 채 태어나고 끝도 모른 채 쉼 없이 굽이굽이 펼쳐진 각자의 삶의 길을 따라가야 한다. 한 순간 순간 이어지는 미로迷路의 선택은 우리들의 삶의 방향을 결정한다.

연습이 허용되지 않는 단 한 번의 길을 보다 알차고 성실하게 걸어 갈 수 있기를 우리는 기대하고 노력하고 있다. 지나온 길은 다소 힘들고 어려웠을지라도 감사하고 깊이 성찰省察하며 가야 할 길에 또 한 번 용기와 희망을 걸어본다. 우리가 가는 길은 외롭고 쓸쓸한 길이 아닌 모두와 함께하는 풍요로운 길이기를 꿈꾸며 오늘도 힘찬 발걸음을 내딛는다.

사람의 향기

　길을 걷는다. 훅 불어오는 바람결에 은은한 향기가 코를 스친다. 사방을 둘러본다. 저만치 담벼락에 늘어진 빨간 장미 넝쿨 무더기들이 보인다. 나도 모르게 다가가서 한참을 서성거린다. 일상에 지친 마음이 한결 치유되는 기분이다. 계절마다 피고 지는 꽃들은 저마다 독특한 향기를 바람에 실어 보낸다. 사람들도 각자 생김새가 다르듯이 그 사람만의 향기가 있다. 사람의 향기는 본래 지니고 태어난 향기와 살아오면서 인내와 지혜로 오래도록 훈련된 인품에서 우러나오는 향기다.

　요즘은 몇 분 간격으로 태어나는 쌍둥이끼리도 세대 차이가 난다고 말하는 급변하는 시대이다. 어른, 아이 할 것 없이 소통할 여유도 없이 각자 시대의 흐름에 따라 바쁘게 살아간다. 물질적으로는 예전보다 풍요로워졌지만 정서적으로는 같이 어울리지 못하고 사막과 같은 황량한 기운마저 감돈다. 핵가족 시대에서 이제 나 홀로 가족이 나날이 늘어가는 추세니 가족 간에도 따뜻한 보살핌이나 대화를 기대하기 어려운 형편이다. 사람과 사람 사이의 통로가 시간이 갈수록 점차 사라지고 있다. 거짓된 삶이 범람해도 진실을 가리기가 힘들고 서로 자기주장만 옳다고 내세우는 이기적인 시대에 사람의 향기가 한없이 그립기만 하다.

일상생활의 편리함을 위해 만들어진 온갖 문명의 이기利器가 사람들을 더욱 고립시키고 있다. 각자 TV를 보고, 이어폰을 끼고 음악을 듣고, 스마트폰을 보는 등 사람들과 서로 부대끼며 살아가는 일이 줄어들면서 사람의 향기는 메말라가고 있다. 다소 불편을 겪더라도 함께하며 얻어지는 끈끈한 사람다운 정을 느끼기가 힘들다. 사람들과 어울리다 보면 좋은 일도 있지만 상처를 받을 수도 있기 마련이다. 사람에게 받은 상처는 또 사람으로 인해 치유되는 놀라운 사례를 주위에서 보게 된다. 모든 만물 중에 사람이라는 공통적인 운명을 타고난 인연으로 서로 배려하고 감싸주며 사람 향기 가득한 세상을 만들 수는 없을까?

이웃에 팔십 대 중반의 노부부가 살고 계셨다. 할머니는 언제나 이웃에게 다정한 모습으로 먼저 다가간다. 같은 아파트에 살고 있는 아이들을 엘리베이터나 길에서 마주치면 친자손처럼 살갑게 대하며 덕담을 아끼지 않는다. 어릴 때부터 할머니의 관심과 칭찬 덕분에 아이가 사춘기를 무사히 넘기고 바르게 성장하는 데 많은 도움이 되었다고 감사를 표시하는 이웃 엄마들도 있다. 어려움에 처한 이웃을 보면 누구보다 먼저 따뜻이 손을 잡으며 진심 어린 위로를 아끼지 않는다. 아랫사람들을 아끼고 사랑할 줄 아는 진정한 동네의 어른으로 존경받는 생활을 하셨다. 나이가 들어갈수록 시대에 적응하고 사람들과 원만하게 어울려 살아간다는 일이 결코 만만치 않다. 더구나 세대 차이에 구애받지 않고 한결같이 이해와 사랑으로 품어 주는 할머니의 향기는 여러 사람들의 마음을 움직이게 하였다.

부부는 매일 새벽 미사에 참석하신다. 성전 오른쪽 맨 앞줄에 두 분이 나란히 미사 드리는 모습을 신자들은 쉽게 볼 수 있었다. 미사가 끝나면 성당 로비에는 꽃향기를 찾아 나비가 모여 오듯이 여러 신자들이 할머니의 주위에서 반갑게 서로 인사를 나눈다. 이웃 사랑을 몸소 실천하는 두 분을 모두 든든한 버팀목으로 생각하며 살고 있었다. 두어 달 전부터 할머니의 모습을 동네에서도 성당에서도 보기가 힘들었다. 어느 날 할머니가 계속되는 고열로 병원에 입원하여 혈액암이라는 병명으로 항암 치료를 하신다는 사실을 알게 되었다. 뜻밖의 소식에 이웃들이 마음을 모아 빠른 쾌유를 위해 간절히 기도하는 도중 할머니의 영면 소식이 전해졌다. 믿어지지 않는 슬픔과 혈육을 보내는 애통한 마음으로 한평생 그토록 믿고 의지하던 하느님께 가신 할머니의 편안한 안식을 두 손 모아 기도했다.

꽃향기는 백리에 이르고 사람의 향기는 만리萬里에 이른다는 말이 있다. 꽃의 향기는 사람에게 잠시 위안과 행복을 주지만 사람의 향기는 수많은 사람들의 삶까지도 변화시키는 힘을 가지고 있다. 여러 사람들의 다양한 향기가 서로 어우러질 때 인간답게 살아갈 수 있는 좋은 사회가 만들어진다.

　나 역시 미미하지만 마음을 정성껏 다듬고 가꾸어서 단 몇 사람의 마음에라도 사랑의 온기를 전하고 싶다. 고요한 향기로 아름답게 한세상을 마무리한 할머니처럼 떠난 빈자리에도 이웃들이 생생히 기억하며 그리워하는 향기 있는 사람이었으면 더욱 좋겠다.

쑥

어린 시절이었다. 봄이면 동네 아이들이 쑥을 캐러 가자고 친구들을 불러 모았다. 우리 집에서는 위험하다고 쑥 캐러 가는 것을 매번 반대하였다. 마음속으로는 꼭 한 번쯤은 친구들을 따라가보고 싶었다. 어느 날 집 식구들 몰래 보자기와 칼을 준비하고 용감하게 따라나섰다. 몇 명의 친구들을 따라 동네에서 제법 떨어진 산비탈에 도착하였다. 친구들은 쑥이 있는 곳을 재빨리 발견하고 각자 흩어져 쑥을 캐기 시작하였다. 몇 번이나 두리번거리다 겨우 쑥이 있는 곳을 발견하고 한참을 엎드려 서투른 손놀림으로 열심히 캐고 있었다. 갑자기 사방에 인기척이 없이 조용한 느낌이 들었다. 얼핏 고개를 들어보았다. 떠들썩하던 친구들이 하나도 눈앞에 보이지 않았다.

아지랑이가 가물거리는 봄, 근처 산에는 뻐꾸기가 처량하게 울고 옆

개울물 소리만 졸졸 들리고 있었다. 고요한 적막 속에 왈칵 무서움이 일었다. 친구들을 찾아 정신없이 뛰어가다 그만 호박 구덩이에 한 발이 빠져 버렸다. 순간 아찔하였다. 혼자서 아무리 발을 빼려고 애를 써도 잘 빠지지 않았다. 쑥이 있는 곳을 찾아 어디론가 사라진 친구들을 울면서 목청껏 불렀다. 깜짝 놀라 달려온 친구들의 도움으로 겨우 신발 한 짝을 포기하고 발만 빠져나왔다. 놀란 가슴을 안고 집으로 돌아와 부모님께 한걱정을 들었다.

몇 달 전 수지로 이사를 오게 되었다. 봄이 되어 아파트 뒷산으로 걷기를 하면서 군데군데 쑥을 캐는 모습이 눈에 들어왔다. 반갑기도 하고 까마득히 잊고 있었던 옛날 일이 새삼스럽게 떠올라 아련한 그리움을 자아냈다. 하루는 한 광주리씩 쑥을 캐는 이웃을 보며 다가가서 이 많은 쑥을 어떻게 먹는지 물어보았다. 쑥을 삶아 현미를 섞어 가래떡을 뽑아 먹는다고 친절히 대답해 주었다. 이사 온 지 얼마 되지 않아 오고 가는 이웃이 없어 무료할 때마다 며칠 쑥을 캐보았다. 들은 대로 현미쑥가래떡을 뽑아 아이들도 주고 이웃도 나누어 주었다. 먹어본 후 남편을 비롯해 모두 반응이 아주 좋았다.

우리에게 친숙한 약초로 널리 알려진 쑥은 알카리성 식품으로, 위장을 튼튼히 하고 피를 맑게 하며 면역 기능을 높여 준다. 애써 뿌리고 가꾸지 않아도 때가 되면 저절로 싹이 나고 자라는 끈질긴 생명력을 가진 식물이 사람들에게 좋은 약이 된다고 한다. 남편이 퇴직하고부터 외출할 때를 제외하고는 매일 세끼 식사를 차리게 되었다. 매번 비슷한 음식에서 벗어나 간편하면서도 몸에 좋은 색다른 끼니가 없을까 늘 고민하고 있던 중이었다. 현미쑥가래떡과 저지방 우유에다 살짝 삶은 검은콩과 견과류, 오디를 넣고 주스를 만들어 과일과 함께 아침을 대신해 보았다. 몇 년을 먹어 보니 의외로 소화도 잘 되고 감기도 잘 걸리지 않아 아침이 기다려질 정도로 우리 체질에 잘 맞는 것 같았다.

매일 아침 쑥가래떡을 먹다 보니 봄이면 만만찮게 쑥을 뜯어 삶아 냉동실에 보관해야 된다. 봄이면 이웃 사람과 같이 가기도 하고 나 혼자서도 시간 날 때마다 깨끗하고 매연이 없는 곳을 찾아 몇 차례씩 쑥을 뜯곤 하였다. 올해는 처음으로 남편과 함께 용인에 있는 지인이 소개한 쑥밭을 찾아갔다. 늦은 점심을 먹고 도착하니 한낮이 지나 태양의 열기도 많이 누그러져 바람까지 시원하게 불어왔다. 밭 가운데 큰 쇼핑백을 두고 각자 비닐봉지가 가득 차면 쇼핑백에 담기로 했다. 1시간 반 정도가 지나자 남편은 벌써 많이 뜯었으니 가자고 재촉을 하였다. 조금만 더 뜯으면 될 것 같아 대꾸도 하지 않고 열심히 손을 움직였다. 급기야 남편은 임계점에 도달했는지 쑥을 담아둔 쇼핑백을 통째로 들고 와서 보여주며 그만 가자고 성화를 하였다.

정신없이 서둘러 집에 돌아와 정리를 하는 도중 지갑이 든 조그만 손가방이 보이지 않았다. 당황하다 어떻게 된 일인지 곰곰이 되짚어 보았다. 남편이 쇼핑백에 담긴 손가방을 빼내어 쑥밭에 두고 뜯은 쑥을 담았다고 한다. 즉시 다시 쑥밭을 향해 차를 몰았다. 한참 후 차에서 내려 뛰어가 보니 파란 쑥밭에 손가방이 고맙게도 주인을 기다리고 있었다.

돌아오는 길에는 쑥에 얽힌 웃지 못할 우여곡절이 하나씩 떠올랐다. 봄이 되면 쑥을 뜯는 즐거움도 있지만 쑥의 양이 많아 다소 번거롭고 힘든 점도 있다. 하지만 내년에도 봄이 되면 내 마음은 또 쑥밭을 향해 어김없이 달려갈 것이다.

봄, 기다림

언제부턴가 가장 기다려지는 계절은 봄이다. 겨울에 일어나는 모든 현상은 자연과 인간에게 내실內實을 가져오게 하는 꼭 필요한 준비 과정이다. 혹독하고 긴 겨울을 지나며 꿈꾸는 봄의 환상은 겨울을 이겨낼 수 있는 원동력이다. 입춘이라는 반가운 소식에도 수은주는 영하 십 도를 오르내리고 한반도 동쪽에는 며칠째 눈 폭탄이 쏟아지고 있다. 완연한 봄이 오기까지는 많은 장애물을 이기고 변덕스러운 시샘도 인내하는 대가를 치러야 한다. 마치 우리 인간들의 삶의 여정旅程과도 흡사하다.

겨우내 시름시름 몸 상태가 좋지 않아 걷기를 게을리하였다. 요즘 날씨가 조금 풀려 동네 뒷산 길을 걷고 있다. 응달에 쌓인 눈은 아직 덜 녹았지만 맑은 공기와 청아한 새소리가 분주하다. 벚나무 가지에도 머지 않아 꽃 피울 준비로 물오르는 소리가 힘차게 들리는 듯하다. 어디선가 봄소식이 살금살금 전해지는 느낌이다. 젊은 날의 겨울은 눈 오는 설경을 그리며 좋았다. 여름은 파도치는 바다를 떠올리며 가슴이 벅찼다. 가을은 높은 하늘과 시원한 바람, 낙엽 떨어진 길을 연상하며 기다렸었다. 어느 때나 즐길 수 있는 젊음이 있었기 때문이다.

통계적으로 나이가 들수록 봄을 좋아한다고 한다. 특히 오십 대 이후의 여자들이 좋아한다는 기사를 보고 동감하였다. 겨울의 긴 추위와 거동이 불편한 생활에의 적응이 점점 쉽지가 않다. 수없이 겪어온 계절을 새삼스럽게 몸이 먼저 반응한다. 겨울이란 무겁고 우울한 짐을 훌훌 털어버리고 산뜻한 차림으로 하루빨리 봄을 맞고 싶은 심정이다. 젊은 날에는 영화, 소설, 대화에도 심도 있는 줄거리가 마음에 들었다. 지금은 잔잔한 감동, 밝은 대화가 부담이 없어 좋다. 봄을 더 기다리게 된 것과 일맥상통하는 점이 아닐까 생각해 본다.

60년대 중반 남쪽 지방에서 서울로 학교를 다니게 되었다. 꿈에 부풀어 두꺼운 옷은 모두 두고 가벼운 옷만 몇 벌 짐 속에 챙겼었다. 막상 입학 후 삼월에도 진눈깨비가 펄펄 내리고 살을 파고드는 추위의 당혹감은 지금도 잊을 수가 없다. 낯선 환경에 몸도 마음도 붙일 곳이 없어 삼월 한 달을 헤매며 터득한 이치가 있다. 봄은 절대 쉽게 오지 않는다. 겨울옷 정리를 섣불리 하지 않고 느긋하게 봄을 기다리는 버릇이 생겼다. 베란다에서 자라던 동양란이 해마다 이맘때면 몇 그루씩 그윽한 향기를 뿜어낸다. 대견한 마음에 거실에 들여놓고 음미하며 머지않을 봄을 그려본다.

지난 일요일 이웃에 사는 손녀가 전화를 했다. "할머니 댁에 점심 먹으러 갈게요"라는 일방적인 통보다. 축 늘어져 있다가 정신을 차리고 부지런히 준비를 한다. 아이들이 와서 함께하는 식사는 훈훈한 봄바람을 불러온다. 새싹처럼 무럭무럭 자라는 아이들을 보면 봄 같은 기쁨이 솟아오른다.

남녘에는 벌써 꽃소식이 전해진다. 동백꽃과 매화꽃의 아름다운 영상이 눈길을 사로잡는다. 매서운 추위와 눈바람을 견디며 피워낸 인내의 꽃이다. 어느 때의 꽃보다 귀하고 자랑스럽다. 이제 기다리던 봄은 성큼 다가와 있다.

봄비

수줍은 새색시같이 조용히 봄비가 내린다. 굶주렸던 대지는 활기를 찾은 듯 파릇한 잎을 틔우느라 분주하다. 겨우내 죽은 듯 말라있던 개나리, 목련, 벚나무 가지에 탐스럽게 매달린 꽃들이 가는 곳마다 물결처럼 일렁이며 눈부시다. 어김없이 때가 되면 한 치의 오차도 없이 되풀이되는 자연의 이치가 신비하고 경이롭기만 하다.

봄비는 생명의 물이다. 겨우내 얼고 메말랐던 대지를 깨워 모든 식물들이 각자의 역할을 부지런히 할 수 있도록 포근히 스며든다. 예부터 봄비가 자주 내리면 한 해의 농사가 잘된다고 모두 반가워했다. 한 번씩 봄비가 올 때마다 댐에 모여 수자원이 확보된다. 황사로 뿌옇게 흐려진 대기를 말끔히 청소해 주는 공기청정의 효과도 있다. 건조한 날씨 탓에 일어나는 무서운 산불을 예방하는 데도 도움이 된다. 봄비는 가뭄의 여러 가지 피해를 줄일 수 있는 수천억 대의 경제적 가치를 가지고 오는 귀한 손님이다.

날마다 아침에 눈을 뜨면 위정자들과 기업인들의 탐욕과 이기심으로 빚어진 사건들로 신문과 TV가 떠들썩하다. 때로는 아무것도 듣지도 보고 싶지도 않을 만큼 불신과 절망으로 선량한 국민들을 몰아간다. 공해 같은 일들이 난무하고 저마다 시시비비를 가리는 진실 게임을 하느라 서로 헐뜯는 말씨름으로 혈안이 된다. 보통 사람들은 아무리 들어도 누구의 말이 진실인지 분간할 수 없는 가치관의 혼돈으로 괴롭기만 하다. 자연은 언제나 말없이 묵묵하게 제 역할에 최선을 다한다. 사람들은 자기 역할은 충실하지 못한 채 남 탓으로 목소리를 높이며 아까운 시간만 낭비하는 것 같아 안타깝고 슬프다. 사회를 정화시키고, 위험을 예방하고, 모든 사람들에게 이로움을 줄 수 있는 봄비 같은 사람들이 그리워지는 시대다.

여느 때보다 조금 빠르게 밭에 여러 가지 씨앗을 뿌렸다. 씨앗도 종류에 따라 색깔과 모양이 다양하다. 골을 내고 씨를 뿌리고 흙으로 덮으며 과연 싹이 틀 수 있을까 은근히 염려되었다. 씨 뿌린 뒤 몇 번의 봄비가 내리고 얼마 후 그 연약한 싹이 흙을 뚫고 일제히 고개를 내밀었다. 반가움과 대견함에 탄성을 질렀다. 봄비가 더 내리고 햇살을 받으면 튼실하게 뿌리를 내릴 생각에 벌써부터 마음이 설렌다. 정성을 들이고 애정을 쏟는 만큼 잎이 자라고 꽃을 피우며 열매를 맺어 정직하고 산뜻한 기쁨을 주는 일이 밭농사다. 올해도 바쁘게 집과 밭을 열심히 오고 가야 할 것 같다.

　봄비는 우리의 마음을 한없이 차분하게 가라앉게 한다. 봄비 오는 거리를 무작정 걸으며 나를 돌아본다. 봄비같이 넉넉하고 따뜻한 마음이되어 이웃을 용서하고 사랑하며 남은 생을 살고 싶다. 그 무엇에도 매이지 않고 '지금'을 잘 살아야 한다는 현자의 말이 떠오른다. 아직도 과거의 후회와 미래의 불안으로 지금 이 순간이 최고의 축복임을 온전히 실천하지 못하고 살아가고 있다. 내 마음과 나뭇잎들이 점점 더 싱그러워지고 온갖 꽃들이 제 모습을 갖추도록 봄비가 흠뻑 더 내렸으면 좋겠다.

오월을 보내며

늘 바쁘게 지내는 막내가 전화를 했다. 반갑게 받아보니 며칠 뒤 아버지 생신에 맛있는 파스타집으로 점심 식사를 초대하겠단다. 오월은 우리 집과 인연이 많은 달이다. 해마다 집안 행사가 남편의 생일을 시작으로 막내딸의 생일, 그다음으로 친정아버지의 생신이 있다. 서로 오고 가며 정을 나누다 보면 참 좋은 계절이란 느낌이 든다.

분당에서 식사를 하고 후식은 서판교 레스토랑에 가자는 딸의 권유로 차를 몰았다. 지나가는 길마다 푸른 신록에 꽃잔치가 벌어졌다. 작은 호수를 끼고 있는 레스토랑은 사람들로 북적인다. 우리는 케이크와 차를 마시고 밖에 나가 산책로를 걸었다. 역시 어딜 가나 물과 나무와 꽃이 어우러져야 아름다움이 배(倍)가 된다는 걸 보여주고 있다. 눈부신 햇살에 오월의 풍경이 황홀하게 펼쳐졌다. 우리 가족 모두는 그곳에서 환하게 웃으며 인증샷을 찍었다. 더없이 행복한 하루였다.

문득 아이들이 한창 학업에 열중하던 오월이 스쳐 지나간다. 환하고 찬란한 날씨에 꽃은 사방에 흐드러지게 피었는데 아이들은 중간고사 기간이다. 중학교가 끝나면 고등학교가 시작되어 일찍 귀가하는 날이 대부분이었다. 식사와 간식을 만들고 쾌적한 환경을 만들어 학습의 효과를 올려보겠다는 일념一念과 어버이날, 스승의 날, 생신 등 집안 행사로 늘 분주한 나날이었다. 마음 놓고 오월을 음미吟味해 볼 겨를도 없이 허둥지둥 보내 버린 많은 날들이 아직도 아쉬움으로 남아있다.

이재무 시인이 "생활은 촛불이다, 언제 꺼질지 모른다, 그러므로 타오르는 동안 열심히 타올라야 한다."는 말이 이번 오월에 읽은 글 중 가장 마음에 와닿는다. 젊은 날에는 앞으로 많은 날들이 남아 있다는 기대감으로 하루하루 최선을 다해 촛불을 타 올리지 못한 어리석음의 연속이었다. 작고도 사소한 날들까지도 소홀히 할 수 없는 다시 돌아오지 않는 날이라는 진리를 지금처럼 뼈저리게 느끼지 못했다. 앞서간 모든 사람이 온갖 미사여구美辭麗句로 부르짖은 진리도 자기가 직접 체험하지 않으면 실감하지 못하는 인간들의 단점을 나도 비껴가지 못한 탓이다.

오월의 꽃들은 유난히 하얀 꽃이 많다. 꽃이 하얗게 핀 모습이 고봉으로 올린 쌀밥 같은 이팝나무는 가로수로 멋스럽게 자리 잡아 사람들의 시선을 즐겁게 한다. 튀긴 좁쌀을 붙인 것같이 옹기종기 매달려있는 조팝나무, 언제나 담장 넘어 보이는 정다운 하얀 찔레꽃, 온 산등성이에 무리 지어 피어있는 하얀 아카시아, 하얀 라일락 등은 화려하지 않으면서도 사람들의 마음을 은근히 사로잡는 매력이 있다. 가끔씩 불어오는 바람결에 언뜻언뜻 묻어오는 은은한 향기는 오월에만 느낄 수 있는 특별한 향연이 아닐까.

이웃에 팔십을 훌쩍 넘긴 분이 계셨다. 오월의 정원에 올망졸망 예쁘게 핀 꽃들을 보고 반색하며 감탄하는 모습에 '아직도 저런 감수성이 살아 있을까?' 생각했다. 지금은 그 마음을 알 수 있을 것 같다.

예전에는 해마다 반복되는 자연의 현상에 특별한 애정을 갖지 않았다. 요사이는 날이 갈수록 모든 것이 새롭고 신비하며 가까이하고 싶다. 어쩔 수 없이 노년기에 접어든 모양이다.

어느 해 이탈리아 여행 중 그때도 오월 중순의 화창한 날이었다. 버스로 로마에서 피렌체로 가는 길목이었다. 차창 밖으로 넓은 들판에 무리 지어 군데군데 피어있는 개양귀비 꽃들이 모네의 그림처럼 아늑하게 펼쳐져 있었다. 멀리 푸른 숲과 빨간 지붕들이 평화롭게 촌락을 이룬 모습들은 한 폭의 아름다운 수채화였다. 청소년기에 많이 읽어본 외국 소설의 한 장면이 꿈같이 펼쳐졌다. 여행 중 곳곳에 있는 많은 예술품을 관람할 기회가 있었다. 생김새와 말이 다를 뿐 자연의 변화와 인간의 원초적인 삶과 희로애락喜怒哀樂은 세상 어느 곳이나 상통한다. 그로 인해 언어와 국경을 초월한 모든 사람들이 공감하고 감동하는 예술이 탄생된다.

해를 거듭할수록 사라지는 모든 것에 연민이 더해간다. 아름다운 계절도, 예쁜 꽃들도, 아등바등 살아가는 우리들도, 이 세상에 생명이 있는 모든 것은 언젠가 자기의 사명을 다하는 날 덧없이 소멸될 것이다.

그러나 한편으로 생각하면 유한하기에 더욱 소중하고 치열하게 살아갈 가치가 있지 않을까? 이율배반적인 논리이지만 달리 위로할 방법이 없는 것은 이 부분은 철저한 신神의 영역이기 때문이다. 오월을 보내며 늘 살아 있음에 감사하고 더욱더 열심히 하루하루 촛불을 타오르게 할 것을 다짐해본다.

그 여름 제주

산비탈, 한 길가 가릴 것 없이 자투리땅마다 하얀 망초꽃
이 흐드러지게 피어 바람에 한들거린다. 누구의 손길도 눈길도 아랑곳
없이 작고 앙증스러운 얼굴들이 서로 서로 어깨를 부비며 여름을 노래
하고 있다. 이번 여름휴가는 작은딸 가족과 함께 제주도에 가게 되었
다. 본격적인 휴가철의 인파와 장마를 고려하여 앞당겨 유월 중순을 택
했다.

제주도는 올 때마다 늘 반갑고 마음속으로 한없는 고마움을 느낀
다. 좁은 국토에 이곳마저 우리의 땅이 아니었으면 얼마나 숨 막히고
갑갑했을까. 바다 건너 이국의 냄새까지 물씬 풍기는 보물처럼 소중한
우리의 섬이다. 공항에 내리자 자동차를 렌트하여 숙소가 예약된 해비
치 리조트를 향했다. 찬란한 유월의 햇빛은 눈부시고, 싱싱한 가로수들

의 열렬한 환호를 받으며 남제주도 서귀포 표선면에 도착하였다. 멋진 야자수 나무와 탁 트인 푸른 바다, 깨끗한 건물의 리조트가 눈에 들어왔다. 여장을 풀고 호텔 수영장에서 더위를 식혔다. 수영을 갓 배운 손녀는 얼마나 신나게 수영을 했는지 밤새 수영하는 흉내를 내며 잠꼬대를 하였다.

리조트와 가까운 만장굴을 관람했다. 30만 년 전에 형성된 제주도의 대표적인 용암 동굴이다. 세계 최장 길이 7.4km의 용암 동굴로 화산이 폭발하여 용암이 흐르면서 자연적으로 커다란 동굴이 만들어졌다. 현재 관광객들에게 개방된 구간은 1km 정도이다. 동굴 내부로 들어가니 마치 웅장한 건물의 복도를 걷는 듯 천장이 높으면 통로가 좁고, 천장이 낮으면 통로가 넓은 부분이 반복되었다. 조명에 비친 석주와 종유석으로 장관을 이루는 동굴을 한참을 걷다가 거북바위를 만났다. 제주도 지형과 유사한 형태를 띠고 있는 종유석으로 그 정교함이 사람이 손으로 직접 빚은 조각품을 능가하였다. 만장굴을 대표하는 상징적인 바위이다. 신비한 동굴 안을 감탄하며 한 시간가량 굽이굽이 돌아 나오니 어느새 더위가 가셔버렸다.

비자림은 세계 최대 규모의 단일나무 군락지로 잎이 아닐 비(非)자를 닮아 비자라고 하였다. 나무들의 수명이 500~800살이며 2,570그루가 한자리에 하늘을 찌를 듯 쭉쭉 울창하게 뻗어 있었다. 산책길을 따라 향긋한 비자 향을 맡으며 한없이 걷고 싶은 힐링의 숲이다. 비자나무는 예로부터 약재와 목재로 널리 사용되었다. 열매는 고혈압, 요통, 충독에 효과가 있다고 한다. 비자나무로 만든 바둑판은 시중에서 쉽게 볼 수 없는 고가품으로 유통된다. 바닥에 보이는 붉은색 흙은 화산의 쇄설물로 천연 세라믹이다. 탈취율이 높아 인체의 신진대사 촉진과 산화 방지 기능을 지녀 식물 생장에 필요한 수분을 알맞게 조절하는 기능이 있다고 한다. 천년의 숲 비자림이 이토록 오랫동안 건강하게 보존되고 있는 이유를 알 수 있을 것 같았다.

돌아오는 길에는 해녀의 집에 들려 방금 잡아 온 싱싱한 해물 매운탕으로 저녁 식사를 하였다. 해가 가장 먼저 비친다는 이곳 해비치는 밤 풍경 또한 볼 만하다.

미리 예약을 하면 저녁 6시부터는 야외에서 석양을 볼 수 있도록 간단한 식음료가 준비되어 있다. 8시부터는 별비치로 밤하늘의 반짝이는 별과 멀리 캄캄한 밤바다의 오징어잡이 불들이 별처럼 반짝이는 광경을 볼 수 있도록 안락한 의자도 준비되어 있다. 유월의 시원한 밤바다 바람이 마냥 상쾌하다. 삼삼오오 닮은꼴의 가족들이 즐거운 휴가를 보내는 장면은 그저 바라보기만 해도 흐뭇하다. 외국 어느 곳의 휴양지보다 마음 편하고 낭만적인 밤이다. 역시 젊은 사람들과 동행하니 여러 가지로 편리하고 새로운 재미가 더해지는 기분을 느낀다.

세계 7대 자연경관으로 등재된 제주도는 해마다 곳곳이 다른 모습으로 변하고 있다. 관광지 가는 곳마다 외국 관광객으로 북적인다. 길게 줄을 서야 하는 불편함보다 흐뭇한 마음이 앞선다. 세계인의 관광지로 발돋움하는 제주도는 어딜 가나 깨끗하고 현무암의 특이한 아름다운 풍광과 많은 볼거리들이 우리 것에 대한 긍지를 한층 더 높여준다. 잘 가꾸고 보존하여 후손들에게 자랑스러운 유산으로 물려줄 책임감이 무겁게 느껴진다. 유구한 자연 앞에 한 점 구름 같은 삶이지만 살아 있는 동안 이렇게 누릴 수 있음을 깊이 감사하는 나들이다. 유월의 싱그러운 신록과 하얗게 포말을 일으키는 파도를 뒤로하고 해안선을 따라 공항으로 향했다.

유월의 단상斷想

　　유월 첫 번째 토요일 부산에 사는 큰딸이 서울에 온다는 연락이 왔다. 올해 중학교 일학년인 손녀가 코리아헤럴드 기자로 활동하고 있다. 문화부에 제출한 기사가 중등부 대상을 받게 되어 정동에 있는 신문사로 오전 11시까지 오겠단다. 부산서 아침 비행기로 왔다가 행사를 마치고 오후 5시 45분 기차로 내려가는 일정이다. 내가 행사장으로 왔으면 하는 부탁을 받았다.

　　서둘러 광화문 가는 좌석버스를 탔다. 열린 창밖으로 감미로운 유월의 바람과 햇빛이 눈부시다. 아이들을 만난다는 기쁨과 모처럼 여유 있게 나들이를 하는 마음이 설레기만 한다. 얼마 전 경기도로 이사한 후로는 강북으로 오기가 쉽지 않아 늘 그리워하고 있었다. 광화문을 거쳐 정동으로 걸어가는 길에 예전에는 국제극장과 아카데미극장이 있었다. 우리들이 젊은 날 친구들과 가끔 찾아가던 음악실도 2층에 있었다. 옛 생각을 더듬으며 신문사를 찾아가는 길은 더디기만 하다. 이리저리 둘러보며 흔적도 없이 사라진 낯선 거리가 그날따라 유난히 아쉽기만 하였다.

신록이 무성한 유월이었다. 교생 실습을 받기 위해 우리 대학교 부속 중·고등학교에 첫 출근을 하였다. 남학생들은 고등학교를 배정받고 여학생들은 중학교를 배정받았다. 수업 시간에 학생들을 가르치면서 학급의 부담임 역할도 맡아 실습을 했다. 나는 중학교 1학년 3반 부담임이 되었다. 첫인사 시간 고만고만한 또래들의 호기심이 가득 찬 남학생들의 눈빛이 무척 귀여웠다. 그동안 익힌 공부를 아이들에게 열심히 전달해 보겠다는 사명감이 불타올랐다. 먼 거리를 시간에 맞추어 출퇴근하고 학교의 아래위층 계단을 오르내리느라 열흘이 지나니 입술이 부르텄다.

우리 반 담임은 음악 과목을 맡은 남자 선생님이며 음악 평론가로 활동하는 분이었다. 까만 피부에 눈이 부리부리하고 코가 오뚝하게 생긴 이국적인 외모를 가진 분이다. 소설가 강신재의 단편『젊은 느티나무』첫 구절 '그에게서는 언제나 비누 냄새가 났다'가 연상되는 그는 지나칠 때마다 기분 좋은 냄새가 코를 스쳤다. 시간이 지날수록 여자 교생들의 관심은 여러 가지로 특이한 우리 반 담임에게 집중되었다. 급기야 그분이 우리보다 열 살이 많은 노총각이라는 정보를 입수하여 나에게 알려주었다. 또 해마다 오고 가는 교생에 관심도 없고 까칠한 성품을 가졌다는 이야기도 함께 전해 주었다.

새로운 일을 익히느라 분주한 어느 날 오후 그분이 잠시 머뭇거리며 부탁을 했다. 반 생활기록부에 증명사진을 아직 부착하지 못했다며 시간이 있으면 정리를 해달라고 했다. 방과 후 반 학생 몇 명과 함께 사진 뒷부분을 벗기고 번호대로 생활기록부 증명사진을 말끔히 정리해 놓았다. 그 일이 있은 후 반 학생들의 이름과 얼굴도 조금씩 익혀졌다. 교실의 환경 미화도 같이하면서 그동안 학생들과의 서먹한 관계가 많이 좁혀져 학교 생활이 즐거웠다. 수업 시간에는 가끔씩 경상도 사투리를 나도 모르게 쓰게 되어 한바탕 웃음을 자아내기도 했다.

교생 실습이 조금씩 익숙해 질 무렵 그분이 퇴근 후에 차 한 잔을 대접하겠다고 근처에 있는 찻집으로 안내를 하였다. 지난번 생활기록부 정리도 고맙고 반 분위기도 한결 좋아진 것 같다며 재미있게 이런저런 이야기를 나누었다. 학교생활 이외에 활동하는 분야가 있어 미처 학급 일이 지연된 점도 있었다며 허심탄회하게 자기 이야기를 털어놓았다. 나에게도 자연스럽게 몇 가지 질문을 하였다. 내가 알고 있는 범위 내에서 대답하고 헤어져 돌아오는 길은 유월의 해 질 무렵 선선한 바람이 마냥 좋았다.

시간이 지날수록 그의 까칠하던 성품이 많이 누그러졌다. 혼자만의 바쁜 생활에서 벗어나 주위 사람들에게도 눈을 돌렸다. 학교 선생님들과 교생들이 짓궂게 은근히 그분을 떠보아도 웃음으로 답변을 대신했다. 일과를 마치고 시간이 날 때면 커피를 마시자고 가끔 제안을 했다.

대화를 하다 보면 자기의 전공 음악 분야 이외의 문학, 철학, 회화에 이르기까지 다방면으로 폭넓고 체계적인 지식을 소유하고 있었다. 그러면서도 아직 학생인 나의 견해도 너무 신선하다며 귀담아듣고 즐거워하였다.

60년대 중반 우리들은 여러 가지 어려운 환경 속에서 대학 생활을 하고 있었다. 요즘 세대들처럼 자유분방하게 다양한 체험을 할 수 있는 사회적 여건이 마련되지 않았다. 주로 책을 통하여 지식이나 궁금증을 해소했다. 여가 시간에는 극장에서 좋은 영화를 보거나 친구들과 서울에 몇 군데 있는 음악실에서 클래식도 듣고, 그 무렵 유행하는 팝송을 따라 불러보는 정도의 단조로운 일상을 보내고 있었다. 물론 개인적인 차이는 있었다. 때로는 무료함을 달래기 위해 존경하며 많은 것을 배울 수 있는 대화의 대상을 꿈꾸고 있었는지도 모른다.

유월이 훌쩍 지나 아쉽게도 교생 실습을 마치고 학교로 돌아왔다. 2학기는 졸업 준비로 한창 바쁠 때 그분으로부터 연락이 왔다. 우리는 오늘 아이들을 만나러 온 이 정동길의 조선일보와 고풍스러운 유럽식 성공회 본부를 지나 서소문 중앙일보까지 걸었다. 걷는 동안 그분은 요즘 태엽 풀린 시계처럼 산다는 말을 툭 던졌다. 순간 가슴이 저려왔다. 하지만 나 자신이 아직 많이 모자람을 알기에 더 이상 아무 말도 할 수가 없었던 기억이 스쳐 지나갔다.

손녀를 바라볼 때마다 가슴 뭉클한 그 무엇이
주체할 수 없이 솟아올랐다.
아마도 지극한 사랑을 주셨던 나의 외할머니에 대한
그리운 마음 때문이리라.

— 「사랑의 대물림」 부분

- 2 -

여름 전원

Roses, 최길성作, 2011년 구상전 입선작

순리順理

깊은 겨울잠을 깨우느라 샛바람은 연신 대지大地를 흔들어 댄다. 진눈깨비까지 흩날리며 매섭고 세차게 때로는 부드럽고 포근하게 담금질을 한다. 순리에 몸을 맡기고 잘 이겨낸 생물은 순조로운 출발을 시작한다. 잎이 돋고 꽃이 피는 환희도 맛보고 신록이 무성한 가지들을 거느리게 된다. 우리 인간도 삶에 자연스럽게 닥치는 변화를 순리로 받아들일 수 있는 훈련이 필요하다.

올해 중학교 2학년이 되는 손녀가 있다. 얼마 전 학기 초에 남녀 공학인 학교에서 반장이 되었다는 소식을 들었다. 자랑스럽고 대견하다고 문자를 넣었다. 손녀는 요즘 자기가 사춘기가 왔는지 부모님께도 자주 투덜대게 되고 이래저래 고민이 많아졌다고 털어놓았다. 그런데도 할머니께서 칭찬을 해주시니 몸 둘 바를 모르겠다며 열심히 노력해보겠다고 답신이 왔다. 시간의 순리에 따른 현상이지만 사춘기를 고민하는 손녀를 생각하니 나도 모르게 자꾸만 웃음이 나왔다. 우리나라 중학교 2학년은 제일 무서운 세대라고 한다. 오죽하면 북한이 남한을 쳐들어오지 못하는 이유가 된다고 할 만큼 심한 성장成長통을 앓고 있다.

공부하느라 늘 힘들게 생활하는 요즘 아이들이 안쓰러울 때가 많다. 사춘기인 손녀에게 짬이 날 때마다 읽도록 추천하고 싶은 책이 떠오른다. 1908년 캐나다 작가 루시 모드 몽고메리의 『빨강 머리 앤』이다. 독신 남매 매튜와 마릴라에게 입양된 고아 소녀 앤이 독창적인 상상력으로 어떤 상황에서도 희망을 만들어 내는 이야기다. 1919년에 출간된 헤르만 헤세의 『데미안』은 주인공 싱클레어가 여러 사람을 만나고 수많은 일들을 몸으로 부딪치며 올바른 인간으로 성장하는 과정을 담고 있다. 학습도 좋지만 청소년기는 자신의 정체성과 앞으로 어떻게 삶을 살아갈지를 고민하는 시기이다. 여러 가지 책을 통해 간접적으로 힘든 일과 좋은 경험을 거치면서 마음속의 크고 작은 갈등을 순리에 따라 잘 극복했으면 좋겠다.

가까운 지인이 있다. 중소기업을 성실하게 운영하여 경제적으로 꽤 여유 있는 생활을 하였다. 몇 해 전부터 남편 사업이 무척 힘들게 되었다. 부인은 현재의 힘든 상황을 도저히 이해할 수 없다고 모든 것을 남편 탓으로 돌렸다. 우리들은 빛이 있으면 어둠이 있고 젊음이 있으면 노년기가 있고 삶이 있으면 죽음이 있다는 순리를 피상적으로만 알려고 한다. 삶을 살아가면서 창조주로부터 부여된 인간으로서 누릴 수 있는 기뽐이 있다. 그러면 반드시 겪어야 할 고통도 감내할 마음의 준비가 되어 있어야 한다. 많은 사람들이 이런 순리를 거역하고 자기에게만은 어떠한 고통도 없기를 바라며 무한한 욕심을 부리는 어리석음을 자초한다.

오늘도 시간은 어김없이 누구에게나 공평하게 흘러간다. 100세 시대를 부르짖으며 나날이 건강 정보가 시중에 넘쳐난다. 어느 때는 이 식품이 좋다고 선전하다가 시간이 지나면 연구 결과 무엇 때문에 좋지 않다는 내용이다.

어느 장단에 맞추어야 할지 난감할 때가 많다. 기호에 따라 적당하게 먹고 적당히 운동하고 질병이 생기면 최선을 다하여 치료한다. 어느 정도 나이가 들면 끊임없이 자기를 비우는 연습이 필요하다. 늘 감사하는 마음으로 욕심 없이 살다가 때가 되면 하늘의 뜻을 받아들이는 것이 아름다운 순리라고 생각한다.

사랑의 대물림

온 나라가 외환 위기의 후유증으로 심한 몸살을 앓고 있을 때였다. 큰딸 내외는 유학을 마치고 돌아와 우리에게 천사 같은 손녀를 안겨 주었다. 이웃에 살면서 하루가 멀다고 보고 싶어 찾아가고 주말이면 저희들이 찾아왔다. 그 당시 남편 회사의 골치 아픈 모든 시름도 손녀의 재롱을 보며 달랠 수 있었다. 우리 아이들 키우던 기억은 까마득하고, 손녀가 자라는 모든 과정은 생전 처음 보는 것처럼 신기하고 대견하기만 했다. 손녀를 바라볼 때마다 가슴 뭉클한 그 무엇이 주체할 수 없이 솟아올랐다. 아마도 지극한 사랑을 주셨던 나의 외할머니에 대한 그리운 마음 때문이리라.

나는 해방 이듬해에 외가에서 태어났다. 첫아이라 엄마 젖의 양이 너무 많아 매번 먹기를 힘들어하는 손녀를 안쓰러워하셨다. 급기야 외할머니는 막내 이모가 먹던 젖을 손녀에게 선뜻 물려 주셨다. 온 집안에 맏이로 태어나 할머니의 젖을 먹으며 자라는 나에게 외할머니의 사랑과 정성은 말할 수 없이 깊었다.

세상에 눈을 뜨고 처음 바라본 정이 넘치는 외가는, 오래된 종가로 사시사철 기제사의 음식 장만으로 사람들이 드나들었다. 경남이라 기후도 온화하고 해산물을 비롯한 다양한 음식 재료들이 풍부한 고장이었다. 한국동란 전후에 모두가 어려운 때였지만 피난 온 사람들마저 따뜻하게 품어주던 인심이 넉넉한 곳에서 유년 시절을 보내게 되었다. 엄마는 늘 나보다 두 살 아래인 남동생의 차지였다. 나는 주로 외할머니의 절대적인 사랑과 집안 식구들의 관심을 받으며 자랐다. 온 동네가 집성촌이라 어딜 가나 낯선 사람이 없는 평화로운 환경 속에 여섯 해가 훌쩍 흘러가 버렸다.

아버지께서 교직을 택하신 후 우리는 정든 외가를 떠나 경북에 위치한 소도시에 살게 되었다. 밤마다 꿈속에서 외가의 넓은 마당에서 뛰어놀고 식구들과 와자지껄하며 지내다 아침에 눈을 떴다. 눈앞에 보이는 낯선 환경과 외할머니의 모습도 찾을 길이 없어 잠에서 깨고 싶지 않을 때가 많았다. 초등학교에 입학하여 한 달 남짓 다니고 있을 무렵 군대에 갔던 작은 외갓집 아저씨가 휴가차 들렸다. 이 길로 외가에 간다는 이야기를 듣는 순간 아저씨가 타고 온 군용차에 울고불고 매달렸다. 아무리 달래도 막무가내인 나를 더 이상 말리지 못하였다. 교통이 좋지 않아 가다가 친척 집에 하루 묵어가며 오매불망 그리던 외가에 도착했다. 다니던 학교도 팽개치고 먼 길을 아저씨를 따라온 것을 알고, 외할머니는 놀라움과 반가움에 부둥켜안고 우셨던 기억이 새롭다.

이웃에 살던 딸이 사위의 직장을 따라 부산으로 이사를 하게 되었다. 서로 의지하고 살던 딸과 네 살 먹은 꽃 같은 손녀를 보낸 뒤 몇 날 며칠을 우울하게 보내고 있었다. 어느 날 오후 전화를 받아보니 손녀가 "할머니 보고 싶어요." 하며 통곡을 한다.

반가움과 그리움에 전화기를 붙들고 한참을 같이 울었다. 문득 손녀가 병이라도 날까 봐 당장 내일 할머니가 부산 갈 테니 울지 말라고 달래던 일이 어제 일같이 선명하다. 요즘은 훌쩍 자라 방학마다 우리 내외가 내려가면 부산 사람이 다 되어 여기저기 데리고 다니며 의젓하게 안내를 하고 있다.

지나고 보니 눈 깜빡할 사이에 할머니가 되어 손녀를 애틋하게 사랑하고 그리워하는 입장이 되었다. 친정도 멀리 있고 친구도 가까이 없어 외로워하는 딸의 든든한 친구가 되어 주는 손녀가 한없이 고맙기만 하다. 이번 여름방학을 알리는 카카오톡 메세지에 "성실하고 건강하게 한 학기를 잘 마무리하여 보석같이 빛나는 너를 사랑한다. 늘 겸손하고 건강하게 생활하도록 할머니는 기도하겠다"고 찍어 보냈다. 손녀는 "네 할머니 감사합니다. 말씀 새겨듣고 열심히 생활하겠습니다. 사랑해요♥ 할아버지께도 안부 전해주세요." 하는 답신이 왔다.

훈훈한 가슴으로 손녀와 따뜻한 정을 나눌 때마다 자상하시던 외할머니가 사무치게 보고 싶다. 나도 외할머니처럼 늘 가까운 곳에서 손녀가 예쁘게 성장하는 과정을 오래도록 함께할 수 있었으면 좋겠다. 훌륭하게 성장하여 사회에 한몫을 하고 화목한 가정을 이루어 성실하게 살아가기를 기대해본다. 소망대로 지켜볼 수 있는 행운이 주어진다면 할머니께서 주신 그 많은 사랑을 하나하나 손녀에게 대물림하고 싶다.

미완의 교사 생활

매일 아침 통근 버스를 타고 학교에 출근했다. 시내를 가로지르는 태화강의 물빛은 하루하루 다양한 모습으로 눈길을 끌며 소리 없이 흘러가고 있었다. 익숙한 풍경이 되기까지 얼마가 흘렀을까? 학교를 졸업하고 곧장 이곳으로 발령을 받은 지 3년째 되어 가나 보다. 남쪽이면서도 바다가 인접한 탓인지 봄에도 유난히 바람이 많이 분다. 수업을 마치고 돌아오는 길은 태화강 위로 붉게 물드는 저녁놀이 늘 알 수 없는 그리움으로 다가오곤 했다.

60년대 말 울산은 공기 중에 매캐한 대기 오염이 느껴질 정도로 나날이 공업 지대로 발전하고 있었다. 인구의 유입이 많아 사립 재단에서는 교사 수를 늘리고 질 높은 교육을 위해 열심히 노력하는 분위기였다. 처음 학교에 출근한 날이었다. 아침 조회 시간 교장 선생님께서 새로 오신 선생님들을 소개하셨다. 학생들은 한 분씩 호명될 때마다 호기심으로 줄이 구불구불 흔들릴 정도로 관심이 많았다. 1학년 담임과 1, 2학년 국어 과목을 맡아 조금씩 적응하며 바쁜 나날이 시작되었다. 평소 생각해 오던 바람직한 교사의 모습을 실천해 보고 싶다는 의욕이 샘솟았다.

울산의 순박한 사투리가 낯설지만 정겨웠다. 첫 만남이라 학생들 하나하나가 귀엽고 소중하게 느껴졌다. 수업 시간에 학생들이 약속한 숙제를 해오지 않거나 규칙을 어겼을 때는 벌칙으로 앞으로 나란히 팔을 들게 하였다. 한창 감수성이 예민할 때 두 손을 위로 올리면 교복 밑으로 속살이 드러나 수치심을 유발할 수 있기 때문이다. 체벌하는 사람의 배려가 느껴져 어디까지나 스스로 깨우치도록 해보겠다는 신출내기 교사의 훈육 방법을 시도해 보았다. 의외로 반응이 좋아 차츰 약속을 어기는 학생이 줄어들고 무리 없이 학생들과도 소통이 잘 이루어졌다. 무엇보다 그 또래의 여학생들이 느낄 수 있는 순수한 감성을 존중해 주려고 노력해 보았다.

아지랑이가 아물거리는 봄날 전교생이 봄 소풍을 가게 되었다. 근교에 위치한 시야가 탁 트인 산 중턱에서 점심 식사가 시작되었다. 같은 교정에 있는 고등학생들이 이 고장에서 유명한 언양 미나리를 깨끗이 씻어 돼지고기 수육과 쌈장을 도시락과 함께 준비해 왔다. 봄바람이 솔솔 부는 언덕에서 미나리에 돼지고기 수육을 싸서 쌈장에 찍어 먹는 환상적인 그 맛과 향을 떠올리면 지금도 군침이 돈다. 무엇이든 즉석에서 푸짐하고 능숙하게 일을 처리하는 학생들의 솜씨가 놀라웠다. 선생님들과도 예의를 갖추면서 사심 없이 대화를 나누는 모습도 보기 좋았다. 교사 생활을 하면서 학교의 행사가 있을 때마다 지난날 겪었던 학창 시절을 입장을 바꿔 한 번 더 경험하는 것 같아 새롭고 흥미로웠다.

신학기가 되자 장생포에 있는 학생 집에 가정방문을 가게 되었다. 학생의 어머니는 반갑게 맞아 주시며 자녀의 학교생활에 대한 질문과 학습에 대해 구체적인 의논을 하였다.

담임으로서 그동안 학생을 지켜본 견해를 성의 있게 답변하고 일어서려는데 극구 붙잡았다. 학생의 아버지께서 소유하신 포경선이 마침 고래를 잡아 오늘 장생포항에 들어오니 오신 김에 꼭 보고 가라는 것이다. 얼떨결에 몇 명의 학생들과 배를 타고 바다로 나갔다. 멀리서 포경선이 여러 개의 깃발을 펄럭이며 개선장군처럼 축포를 쏘며 가까이 오고 있었다. 여자들은 포경선 안으로 들어가는 것이 금지되어 타고 간 배를 포경선 옆에 바짝 붙였다. 포경선 갑판 위에는 생전 처음 보는 파도처럼 큰 밍크고래가 흰 수염 같은 긴 이빨을 드러내고 누워 있었다. 신기하고 흥분된 마음을 가라앉히며 돌아오는 길에는 어느새 고래 고기 한 묶음이 준비되어 있었다.

해가 두 번 바뀌고 크고 작은 시행착오를 겪으며 학교생활도 조금씩 익숙해졌다. 교과서를 성실하게 공부하는 것 이외에 틈틈이 독서의 중요성을 강조하였다. 방학에는 몇 권의 책을 추천하여 꼭 읽어 오도록 권하기도 했다. 폭넓은 사고로 각자의 꿈을 실현하여 현재보다 더 나은 미래를 가지도록 하고 싶었다. 여성으로서 갖추어야 할 몸가짐도 소홀함이 없도록 일러 주었다. 잘해보겠다는 의욕만 앞세워 끊임없이 일반적이고 관습적인 생활만을 독려했는지도 모른다. 지금 생각하면 『죽은 시인의 사회』의 키팅 선생처럼 아이들에게 진정한 자유와 용기를 일깨우는 멋진 교사가 되지 못했음을 고백한다. 현실의 두꺼운 벽을 깨느라 혹시 아이들이 다칠까 두려웠던 소심함 때문이리라.

학교 수업이 끝난 후나 공휴일에는 어쩔 수 없는 허전함이 찾아 왔다. 그때 집안 어른들의 소개로 남편을 만났다. 객지인 서울에서 오래도록 지내온 사람이라 결혼을 서둘렀다. 천진난만하고 정들었던 아이들의 얼굴이 하나하나 자꾸만 떠올랐다. 몇 개월 동안 많은 망설임과 고민 끝에 어쩔 수 없이 결혼을 결정하고 학교에 알렸다. 중학교 2학년 담임을 맡고 마무리를 하지 못해 학교에도 죄송하고 아이들에게도 너무 미안했다. 학교를 떠나는 날 우리 반 학생들이 결혼 선물로 은수저 두 벌을 선물했다. 가사 선생님께 의논하여 장만한 것이니 꼭 받아 주시고 행복하시라는 인사와 함께. 모든 것이 아쉽고 부족했던 교사 생활이었지만 많은 것을 보고 체험한 잊지 못할 소중한 시간들이었다.

부산 1

플랫폼에 내려서자 후덥지근한 여름 바람 사이로 비릿한 바다 냄새가 묻어온다. 역 뒤로 즐비하게 늘어선 컨테이너 선박들은 우리나라 제일의 항구도시임을 말해준다. 큰딸이 부산에 살고 있다. 대학에서 강의하는 사위와 손녀가 방학을 하면 우리 내외가 내려와서 며칠씩 묵고 간다. 갈 때마다 부산의 유명한 관광지와 먹을거리를 찾아 나선다. 해안가에 쭉쭉 뻗은 마천루의 숲은 나날이 발전하는 도시의 모습이다. 이제 부산은 세계 어디에도 뒤지지 않을 만큼 경제적으로나 문화적으로 손색없는 면모를 갖추어 가고 있다.

1950년 꿈에도 잊지 못할 동족상잔의 비극인 6·25전쟁이 일어났다. 오로지 살아야 한다는 일념으로 어쩔 수 없이 고향을 등지고 빈손으로 밀려온, 그 시절 마지막 피난처가 부산이었다. 영화 〈국제시장〉에서 보여 주듯이 부산 피난 시절의 울고 웃던 우리 민족의 애환은 눈물 없인 볼 수가 없었다. 이 영화의 관객이 1,400만을 돌파한 힘은 비참한 전쟁을 겪고도 슬기롭게 헤쳐나간 선대들의 생생한 감동의 기록이 담겨 있기 때문이다. 국토의 분단으로 전쟁이 끝나고도 고향으로 돌아가지 못한 피난민들이 많았다. 그들은 끈질긴 생활력으로 부산 시민과 함께 숱한 어려움을 무릅쓰고, 파괴와 혼란의 도시를 오늘의 부산으로 만들었다.

더위를 피해 저녁 무렵, 딸네가 살고 있는 해운대를 먼저 둘러보기로 했다. 처음 벡스코에 들렀다. 겉보기도 멋스러운 이 건물은 국제회의나 무역 박람회 같은 굵직굵직한 행사를 치를 수 있는 부산의 자랑거리다. 돼지국밥으로 저녁 식사를 하고 동백섬으로 향했다. 조용필의 가요로도 유명한 이곳은 예전에 섬 전체를 붉게 물들이는 동백나무가 많았다고 한다. 산책로를 통하여 바다와 숲이 어우러진 절경을 따라 시원한 해풍을 맞으며 걷는다. 철썩철썩 바위에 부딪치는 파도 소리와 함께 여름밤은 조금씩 깊어간다. 누리마루 APEC 하우스에 오니 멀리 광안대교의 불빛이 현란하게 다가온다. 다섯 개 중 하나의 섬이 밀물 때는 2개의 섬으로 분리되다가 썰물 때는 하나가 되는 오륙도가 보인다. 넓고도 검푸른 바다 위의 야경은 가슴이 찡하도록 아름답기만 하다.

해운대 해안의 동쪽 끝에 위치한 이름도 예쁜 달맞이 고개에 왔다. 동백나무와 소나무 숲 사이로 월출 경관이 가장 잘 보이는 곳이다. 미포에서 청사포로 넘어가는 고개에 제일 먼저 뜨는 월출을 보기 위해 예부터 시인과 묵객들이 즐겨 찾던 대한 팔경 중의 하나다. 고개를 오르는 산책길에는 카페, 추리 소설관, 미술관, 음식점 등으로 사람들이 북적댄다. 봄철 보름달이 뜨는 밤이면 만개한 벚꽃과 달빛의 조화가 이곳에 온 많은 사람들을 황홀경에 빠뜨린다고 한다. 상상만 해도 환상적일 것 같아 봄철 벚꽃 피는 시기에 꼭 다시 오리라 마음먹어 본다. 고개에서 내려다보이는 해운대 바닷가에는 여름 피서객들로 반짝이는 별빛처럼 불야성을 이루고 있다.

다음 날 아침 해운대를 벗어나 기장에 있는 해동 용궁사라는 절에 도착했다. 동해 최남단에 위치한 고려 우왕 2년에 나옹대사가 창건한 절이다. 우리나라 3대 관음성지의 하나로 한국 최대의 석상 해수관음대불이 있다. 임진왜란 때 소실되어 1930년에 통도사의 운강 스님이 중창했다. 돌로 만든 십이지신상이 쭉 늘어선 숲길을 지나면 절 입구에 108 장수계단이 나온다. 계단 하나하나를 도를 닦는 마음으로 내려간다. 계단 초입에 득남불이라는 달마상은 코와 배를 만지면 득남을 한다는 전설에 이미 손때가 묻어 까맣게 변해있었다. 해안가 절벽 위에 바다를 마주하고 자리 잡은 부처님의 사리가 모셔진 절이다. 진심으로 기도하면 한 가지 소원은 꼭 이루어질 만큼 영험한 절이라고 한다. 드넓은 바다가 절 앞에 펼쳐져있고 바닷가 곳곳에 기도하는 도량이 있는 보기에도 신령한 기운이 도는 별천지다. 그동안 보아온 산속의 절과는 사뭇 다른 느낌에 기도하는 사람과 여행자들의 발길이 끊임없이 이어지고 있다.

여행을 하는 동안 부산의 광안대교와 몇 곳을 둘러보며 샌프란시스

코가 문득 떠올랐다. 19년 전 큰딸네는 결혼 직후 샌프란시스코에 유학을 갔었다. 그때도 여름방학에 우리 내외가 방문하였다. 신혼인 딸네와 함께 금문교와 태평양 연안을 둘러보며 아름다운 절경에 감탄한 기억이 난다. 스탠포드대학의 유럽식 고풍스러운 여러 개의 석조건물과 넓은 교정, 어딜 가나 풍부한 물자와 자유로운 분위기의 도시를 한없이 부러운 눈으로 바라보았다. 지금은 샌프란시스코보다 더 깨끗하고 아직 청년처럼 활기차게 발전하는 부산을 여행하며 뿌듯한 가슴으로 돌아왔다.

부산 2

아침 일찍 서둘러 숨 가쁘게 버스와 전철을 갈아타고 부산행 KTX에 올랐다. 집을 떠난다는 자체만으로도 잠깐이지만 해방감으로 약간은 흥분된다. 서서히 차창 밖으로 낯익은 풍경들이 스쳐 지나간다. 산모퉁이를 돌 때마다 손에 잡힐 듯 아기자기 피어있는 야생화 군락들이 반갑게 인사를 한다. 생명이 꿈틀대는 들판과 오월의 따스한 햇살은 한층 여행의 기분을 고조시킨다.

부산역에는 큰딸이 마중을 나와 있었다. 이번 남편의 생일을 부산서 보내자는 큰딸 내외의 건의를 받아들여 훌쩍 내려오게 되었다. 언제 와도 정답고 편안한 곳이다. 해마다 한두 차례씩 방문했지만 오월 초순에 오기는 처음이다. 이맘때 부산은 남쪽이라도 서울보다 기온이 낮고 바닷바람이 꽤 많이 분다. 광안대교가 바라보이는 맛집에서 기장 미역으로 끓인 미역국 정식으로 생일 점심을 먹었다. 평소에도 미역국을 유난히 좋아하는 남편은 오늘 가자미 미역국과 곁들여 나오는 반찬에 만족하며 후한 점수를 주었다. 해가 뉘엿뉘엿 저물어 가는 해운대를 배경으로 인증샷을 찍었다. 아직 여름 성수기가 아니라 조금은 쓸쓸하지만 그런대로 어스름한 바닷가 정경이 분위기가 있다.

이번 여행은 새롭게 뻗어가는 부산의 모습보다 예전의 부산을 떠올릴 수 있는 구시가지를 찾아 나섰다. 영도 출신의 가수 현인이 만인의 심금을 울리며 부른 〈굳세어라 금순아〉의 시비와 동상이 있는 영도다리에 왔다. 일제 강점기 사람들의 수송을 위해 육지와 섬을 잇는 부산 최초로 건설된 다리다. 남항과 북항을 오가는 배들이 지나다닐 수 있도록 도개 형태를 띠고 있다. 예전에는 하루에 2번에서 7번까지 도개되었으나 2015년 9월부터 하루 한 번 오후 2시에 도개 현장을 볼 수 있다. 영도다리는 부산이 임시 수도였던 시절, 전국에서 모여든 피난민들의 애절한 사연이 얽힌 장소다. 뿔뿔이 흩어진 가족의 생사를 찾아 헤매다 다리 난간에 기대어 하염없이 고향을 그리며 눈물짓던 애환 어린 장소다. 다리 밑 푸른 바다는 그때의 수많은 사연을 묻고 지금도 넘실넘실 흘러가고 있다.

자갈치 시장에 들렀다. 바다에서 곧바로 건져 올린 싱싱한 생선들이 좌판에 널려 있다. 좌판 밑바닥에도 한 무더기씩 내동댕이쳐져 펄떡이는 생선들이 사람들의 눈길을 사로잡는다. 인파로 북적이며 생선을 흥정하는 구수한 경상도 사투리가 생동감을 더해준다. 문득 언젠가 읽었던 박경리 소설『파시波市』의 한 장면이 떠오른다. 한참을 넋을 놓고 구경하다 새로 지은 2층 식당에서 전복 정식을 먹으며 원산지의 단맛을 느껴본다. 자갈치 시장을 빠져나와 인근에 있는 송도해수욕장으로 향했다. 일본인들이 개설한 송도해수욕장은 물살의 흐름이 빠르지 않아 물놀이하기에 적합한 곳이다. 예전에는 소나무가 자생하여 송도라는 지명이 붙여졌다.

지금은 소나무는 육지로 옮겨지고 민둥 바위섬이 거북이 같다 하여 거북섬이라 불린다. 성수기에는 발 디딜 틈 없이 인산인해였던 옛 명성은 해운대와 광안리해수욕장에 내어 주었다. 새롭게 스카이워크 등 여러 가지 이벤트를 만들어 구경거리를 제공하지만 비수기로 한산한 섬 위로 무심한 갈매기들만 날아다니고 있다.

감천문화마을을 둘러보았다. 1950년대 태극도 신자와 6·25피난민의 삶의 터전이었던 곳이다. 산기슭에 집의 조망을 고려해 뒷집이 앞집 지붕보다 높은 곳에 지으면서, 계단식으로 늘어선 독특한 마을 풍경이 탄생했다. 남쪽에 감천항이 보이고 모든 길이 꾸불꾸불 가파르게 미로 같지만 서로 통하게 되어 있다. 과거의 흔적과 역사를 그대로 간직한 집단 주거지인 이곳의 특색을 남기기 위해, 지역 예술인들과 마을 주민들이 모여 '마을 미술 프로젝트'를 시작하였다. 그 결과로 2009년까지 부산시도 외면했던 달동네를 아름다운 마을로 탈바꿈시켰다. 부산의 '산토리니', '레고', '마추픽추'라 불리며 지금은 한 해 140만여 명이 찾는 부산의 명소가 되었다. 때마침 골목 축제 기간이라 풍물과 함께 조형물, 벽화, 갤러리, 아트숍, 북카페 등 다양한 볼거리를 즐기며 새롭게 태어난 마을을 구석구석 즐길 수 있었다.

부산하면 어묵을 빼놓을 수 없다. 영도 봉래 시장에 있는 삼진어묵 공장 전시장과 체험관을 관람했다. 현존하는 가장 오래된 부산 어묵의 제조업체다. 이층 역사관에서 1953년부터 3대째 이어져 온 64년 전통의 어묵 제조 과정을 보았다. 일본에서 기술을 배워 부산에 최초의 어묵 공장이 설립되었다. 전쟁으로 어렵던 시기에 피난민들의 값싸고 배부른 최고의 영양식으로 인기를 끌며 부산의 대표적인 음식으로 발전하게 되었다. 몇 년 전 일본 여행에서 견학했던 도야마 가마보코 공장 전시관처럼 위생적이고 체계적인 관리를 하고 있었다. 2013년 삼진어묵은 업계 최초로 베이커리 형식의 매장으로 다양한 재료의 어묵을 선보여 연간 방문객이 100만을 돌파한다고 한다.

이번 여행에서 전쟁을 피해 고향을 떠난 수많은 사람들이 처절하게 삶을 살아낸 흔적이 부산 곳곳에 아직도 생생하게 살아 있음을 느낄 수 있었다. 눈부신 발전에 가려져 잠시 잊고 살았던 피난 시절 우리들의 아픈 기억들을 새록새록 떠올리며 남편과 함께 많은 대화를 나누었다. 부산은 전쟁으로 인해 갑작스럽게 몰아닥친 피난민들을 품고 희로애락을 같이한 고장임에 다시 한번 감사한 마음이 우러났다. 올해는 종전이 아닌 휴전으로 벌써 64년째 되는 해다. 지금도 호시탐탐 핵실험과 미사일을 쏘며 객기를 부리는 북한을 생각하면 가슴 한편이 먹먹하고 애잔함이 남는 부산 여행이었다.

3월의 반란

2016년 3월은 우리 인류에게 큰 충격을 준 역사적인 달이다. 인공지능 알파고와 이세돌 9단의 세기의 대국이 다섯 번이나 서울에서 펼쳐졌다. 대국 때마다 기대를 가지고 숨죽이며 지켜본 많은 사람들은 소름 끼치는 전율과 엄청난 허탈에 빠졌다. 바둑은 무한대에 가까운 경우의 수와 판세를 읽는 능력 외에도 상황을 진전시키는 묘수를 놓을 수 있는 창의력이 요구되는 게임이다. 이 대결에 이세돌 9단의 네 번의 패배는 인공지능이 사람만이 가지고 있는 직관까지도 가능하다는 반란이 일어났다.

인공지능은 인간 생활을 편안하고 풍요롭게 하기 위해 사람들이 연구를 거듭한 결과물이다. 인간을 넘어서는 기계를 만들어낸 인간의 위대성에 감탄하기보다 기계로 대체될 미래 인간 사회의 반란이 더 큰 두려움으로 다가온다. 근래 공상과학 영화로 보아왔던 인공지능에 대한 예지력이 새삼스럽게 놀랍기만 하다. 막연히 '과연 저런 때가 올 수 있을까?' 생각했던 일들이 하나씩 현실로 나타나고 있다. 인공지능은 인간을 육체적인 노동과 정신적인 노동으로부터 해방시켜, 앞으로 20년 이내에 사람들의 일자리를 47% 정도 빼앗아 갈 것이라는 전망이다. 스티븐 호킹 박사는 "인공지능의 개발은 인류멸망을 불러올 수 있다. 100년 안에 로봇이 인간을 지배할 것."이라는 말도 하고 있다.

사람들을 쓰는 사업장에서는 노동조합을 통한 근로조건과 임금인상의 요구나 병가나 휴가까지도 항상 배려하고 신경을 써야 하는 번거로움이 있다. 로봇은 생산성과 효율성 측면에서 보면 사람과 비교가 되지 않는다. 로봇은 고장이나 정기점검 시간을 빼고는 365일 24시간 가동할 수 있다. 퇴직금도 없고 휴일 근무나 야근 수당도 없다. 이와 같은 당장 눈앞에 보이는 이익만을 생각하는 무분별한 기술의 발달은 인간을 쓸모없는 존재로 전락시킨다. 이스라엘의 하라리 교수는 "인류는 21세기 말이면 기계와 결합하여 생물학적 한계를 넘어 신의 영역에 도전할 것이다."라는 주장을 했다. 인간이 욕심을 주체하지 못해 벌어지는 무분별한 도전은 인류에게 반란을 일으켜 돌이킬 수 없는 재앙으로 다가올 수 있다.

피조물인 인간이 고유의 영역 자체를 없애고 신성불가침을 훼손하는 일은 자제해야 한다. 성경 말씀 창세기에 인간을 만드신 하느님은 모든 자유를 주시고, 에덴동산의 선악과만 먹지 말라는 당부를 하셨다. 인간의 삶에는 불가침의 영역이 있으며 해서는 안 될 금기가 있다는 하느님의 첫 번째 가르침이다. 이 말씀을 따르지 못한 인간이 받은 형벌은 영원히 우리 인류가 겪고 있는 죄악과 끊임없는 고통과 죽음이다. 신의 영역까지 도전하며 바벨탑을 쌓고 있는 인간들의 반란과 오만함이 무섭고 두렵기만 하다.

하루가 다르게 발달하는 물질문명으로 인간만이 가지고 있는 사회성과 지각 능력 등 인간성의 상당 부분이 상실되어 가고 있는 현실이다. 최근 나날이 보도되는 아동학대 사건 중 게임중독에 빠진 부모가 어린 자식을 방치하여 죽음으로 몰고간 경우도 있다. 인간성의 마지막 보루인 부모의 책임을 회피하는 사건이다. 가족 간에 일어나는 갖가지 비정한 사례들을 보며 섬뜩함을 넘어 인간성의 끝을 보는 듯한 공포가 엄습한다. 인류에 대한 사랑과 고찰 없이 단순한 성취감으로 이루어지는 인공지능의 발달은 결코 반갑지 않다. 결국 인공지능을 작동하는 알고리즘을 설계하는 인간의 욕망이 문제다. 인간이 두려워해야 할 것은 인공지능이 아니라 인간 자신의 반란이다.

인간은 개인의 욕망을 추구하되 도덕적 가치와 규칙적인 법과 윤리를 통해 개인의 욕망을 통제할 줄 알아야 한다. 인간과 기계를 구분 짓는 결정적인 인간다움을 지키는 마지막 보루인 덕성의 역할이 더욱 강조되는 시기에 와 있다. 인공지능 시대를 대비해 '마음'을 돌아보아야 할 필요성이 절실하다. 이기적인 마음을 넘어서 남을 배려하고 전체를 생각하는 인성교육이 더욱 중요시되는 시점이다. 3월의 반란 속에 이세돌 9단의 1승은 인간 정신의 위대함과 희망을 선사했다. "컴퓨터는 바둑의 아름다움을 알지 못한다."고 말한 이세돌 9단의 말이 진한 여운으로 남는다.

여름 전원田園

천둥 번개를 동반한 비가 새벽부터 요란하고 세차게 내린다. 마른장마 탓에 강수량의 모자람이 해갈될 것 같아, 외출의 불편함보다 반가움이 앞선다. 그동안 감질나게 내리는 비로 보기에도 안쓰럽게 힘없이 처져있던 식물들이 생기를 찾는다. 힘차게 소리치며 굽이굽이 흐르는 개울물도 신이 난 것 같다. 다리 난간에 늘어선 화분의 꽃들도 고개를 숙이고 흠뻑 목을 축이고 있다. 오랜 기다림 끝에 내리는 시원한 물줄기는 한층 짙어지는 신록의 여름으로 성큼 다가서고 있다.

장맛비가 그치고 연일 30도를 웃도는 따가운 햇살이 이어진다. 키가 훤칠한 여름 라일락이 수수꽃 다리 같은 보랏빛 꽃송이들을 달고 연신 바람 따라 흔들거린다. 화단 주위의 올망졸망한 꽃들을 내려다보며 마치 오케스트라 지휘라도 하는 듯한 몸짓이다. 빨갛고 하얀 봉숭아꽃, 노란 달맞이꽃, 주황색 나리꽃, 여름 수국, 백일홍 꽃들도 리듬을 탄다. 어디서 날아왔는지 색색의 나비들과 벌들이 이 꽃 저 꽃을 옮겨 다니며 현란한 춤사위를 벌이고 있다. 여름의 한낮 축제가 한바탕 이어진다. 더위를 피해 오전에 밭일을 마치고, 친구와 차 한 잔을 마시며 바라보는 전원은 살아 있는 한 폭의 그림이다.

울타리에 늠름하게 서 있는 대추나무가 눈에 들어온다. 연녹색 잎새는 기름을 발라 놓은 듯 유난히 반짝이고 열매가 꽤 많이 달렸다. 올해는 얼마나 수확할 수 있을까? 문득 몇 해 전 광화문 교보문고 빌딩 앞을 지나다 우연히 보게 된 장석주 시가 떠오른다. "대추가 저절로 붉어질 리 없다. 저 안에 태풍 몇 개, 천둥 몇 개, 벼락 몇 개" 읽는 순간 짧은 구절이지만 그 깊은 뜻이 돌아오는 내내 많은 상념으로 스쳐 갔다. 대추의 꽃이 열매가 되고 붉게 익기까지 겪어야 할 수많은 고난을 암시한 것이다. 작은 대추가 익기까지도 저토록 힘든 과정을 잘 이겨내야만 결실이 된다. 하물며 인간이 살아가야 할 긴 시간들 속에 부딪치는 크고 작은 장애물들을, 어떻게 잘 견뎌내야 완성된 길을 갈 수 있을지 생각하게 된다.

씨앗을 뿌리고 김을 매며 전원에서 일어나는 사계절을 들여다본다. 의사 표시는 할 수 없는 식물들이지만 가까이 교감해 보면, 저마다 타고난 본분을 알고 열심히 살아가는 모습은 신기하고도 놀라울 때가 많다. 나무와 꽃, 식물과 곤충들이 질서를 지키며 상부상조하는 모습을 통해 사람들이 어떻게 살아가야 하는지도 배운다. 지구상에 살고 있는 60억 인구가 모두 생김새가 다르다. 꽃의 모양도 형태가 정확히 똑같은 종은 하나도 없다고 한다. 꽃들은 저마다 독특한 자기만의 향기를 가지고 있다. 사람들도 각자 개성이 뚜렷하여 그 사람만이 가지고 있는 인품이 있다. 꽃은 홀로 피면 가벼운 바람에도 쉽게 쓰러진다. 군락을 이루어 무리 지어 피면 웬만한 태풍에도 끄떡하지 않는다. 사람들도 혼자 고독하게 사는 것보다 늘 이웃과 함께 어우러져 살면 훨씬 보람 있는 삶을 살 수 있다.

씨앗이 싹트고 자라고 꽃이 피고 열매를 맺고 사라지는 모습은 기간은 짧지만 우리들의 삶과 다를 바가 없다.

밭에는 오월부터 싱싱한 상추와 쑥갓을 시작으로 상큼한 입맛을 돋우고, 이웃들과 몇 차례 나눔을 즐기다 장마 전까지 수확이 끝났다. 지금은 오이를 비롯해 가지, 호박, 부추, 깻잎, 고추 등의 수확이 농사짓는 즐거움을 더해 주고 있다.

인간은 자연이 제공하는 자원에 의존하지 않으면 단 한순간도 살아갈 수가 없다. 과도한 욕심을 부리지 말고 자연을 가꾸고 아끼며 함께할 수 있는 길을 끊임없이 모색해야 한다. 많은 식물들은 자신의 성장과 종족 번식을 위해 나름대로 피나는 경쟁을 한다. 결코 함부로 다루지 못할 엄숙한 생존의 가치를 가지고 있다. 날이 갈수록 자연을 거스르지 않고 자연의 일부로 자연스럽게 살아가야 된다는 삶의 이치를 깨닫고 있다. 흙과 물, 태양과 바람, 인간의 땀으로 하루하루 영글어가는 열기로 여름 전원은 오늘도 후끈 달아오른다.

영원한 프리마돈나

성악가로 활동하는 친구로부터 오랜만에 음악회 초대를 받았다. 생애 마지막 연주회가 될지도 모른다는 말에 열일을 제치고 집을 나섰다. 어느새 구름 한 점 없는 빈 가을 하늘은 저만치 멀어져 간다. 주위의 나뭇잎들은 살아온 제 모습대로 형형색색 아름답게 물들어 갈 길을 재촉하고 있다. 소슬한 늦가을 바람 따라 이리저리 굴러다니는 낙엽들은 지난 계절의 뜨거웠던 사랑을 기억하고 있을까? 시간이 흐를수록 계절의 변화에 의미가 더해진다.

예술의전당 리사이틀홀에서 열리는 프랑스 가곡 연구회의 75회 정기 연주회다. 한국 음악계에 프랑스 가곡을 알리고 학구적인 분위기를 조성하여 신인들에게 귀중한 무대를 제공하는 자리다. 여덟 명의 출연자들이 마음껏 기량을 발휘하여 가을밤의 정취를 흠뻑 느끼도록 노래의 향연을 펼쳤다. 칠십이 훌쩍 넘은 친구는 가장 연장자다. 출연자 중에는 연령이 사십 살이나 차이가 나는 후배도 있었다. 조마조마한 마음으로 무대를 지켜보았다. 성량은 예전 같지 않아도 무대를 압도하는 카리스마는 아직 그대로 살아 있었다. 까마득한 후배들과 한 자리에서 연주를 할 수 있는 친구의 용기에 뜨거운 박수를 보냈다. 이번 연주회는 세월의 흔적을 지울 수 없어 안타까웠지만, 누구보다 노래를 사랑하고 아끼는 친구의 마음을 다시 한번 더 확인하는 날이었다.

친구가 60년대 말 서울대학교 성악과를 졸업하고 프랑스로 유학 갈 준비를 열심히 하던 도중 부친의 사업에 차질이 생겼다. 어쩔 수 없이 유학을 포기하고 서울을 떠나 지방 학교에 음악 교사로 부임하여 함께 재직하게 되었다. 어느 날 육영재단과 지방에 거주하는 서울대학교 동문들의 후원으로 친구의 독창회가 열렸다. 그 시절 지방에서는 보기 드문 독창회로 많은 사람들의 관심이 집중되었다. 문화생활에 목말라하던 사람들은 아름다운 고음과 화려한 기교에 모처럼 소프라노의 진수를 맛본 듯 환호하며 몇 번이나 앵콜을 외쳤다. 독창회를 처음 접하는 사람들은 과감한 의상과 열정적인 무대에 다소 낯설어하는 반응을 보이기도 했다. 지방에서 열린 친구의 첫 독창회는 신선한 충격을 안기고 성황리에 막을 내렸다. 공연을 준비하는 바쁜 친구의 일손을 틈틈이 도운 몇몇 교사들은 뿌듯한 보람으로 서로 가까워지는 계기가 되었다.

학교 수업이 끝나면 가끔 친구와 따로 만나 차를 마시며 경직된 학교 생활에서 풀지 못한 우리들만의 대화로 객지의 외로움을 달래곤 했다. 꿈이 많던 처녀 시절이기에 막연한 미래에 대한 환상과 불안도 숨김없이 함께 나누며 위로를 받았다. 몇 년이 지나 친구가 먼저 서울로 전근을 가게 되었다. 얼마 지나지 않아 나 또한 결혼하여 서울서 반갑게 다시 만날 수 있었다. 그 후 오십 년 가까이 잊지 않고 서로 왕래하며 변함없는 우정을 쌓아가고 있다. 겉으로 보기에는 전혀 분위기가 다른 두 사람이지만 어딘가에 깊이 공감되는 부분이 반드시 있었을 것이다. 지금 곰곰이 돌이켜 보면 예술을 이해하고 음악을 사랑하는 마음이 서로를 끊임없이 이어주는 다리가 되지 않았나 생각해본다.

박수갈채를 받으며 퇴장하는 친구의 뒷모습을 보는 순간 지나간 날들이 파노라마처럼 하나씩 펼쳐진다. 친구는 결혼 후 뒤늦게 남편과 함께 첫 아이를 데리고 꿈에 그리던 프랑스 유학을 떠났다. 몇 년간 각고의 노력 끝에 프랑스 국립 음악 학교를 수석으로 졸업하고 돌아왔다. 여러 대학에서 후배를 양성하며 프랑스 가곡의 불모지였던 우리나라 음악계에 큰 역할을 담당하였다. 또한 남매를 키우는 워킹맘으로 종종걸음을 치며 늘 바쁘고 치열하게 살았다. 그 와중에도 틈틈이 노래에 대한 열정의 끈을 놓지 않고 기회가 있을 때마다 무대에 섰다. 생기 있고 호소력 있는 목소리로 청중들을 매료시키던 젊은 날의 프리마돈나가 떠오른다.

지금은 깊어가는 가을 소중했던 기억들을 하나둘씩 떠나보내며 겨울을 준비하는 나무들처럼 허허로운 마음이다. 생애 마지막이 될지도 모른다는 친구의 음악회를 관람하고 돌아오는 길은 새삼스럽게 아쉽고 울컥한 심정을 가눌 수가 없다. 얼마 남지 않은 올해가 가기 전에 친구를 만나 그동안 보석처럼 아껴 두었던 속 깊은 이야기를 나누리라. 오랜 시간 누구보다 주어진 일에 최선을 다해 살았고, 우리들의 마음에 영원한 프리마돈나로 남아있다는 말을 꼭 전하고 싶다.

3·1절과 아버지

아침 일찍부터 아파트 관리실에서 방송을 한다. 오늘은 95주년 3·1절이므로 주민들은 각 가정마다 모두 국기를 계양하라는 내용이다. 날씨는 한결 풀려 포근한데 마음은 여느 때의 3·1절과 또 다르게 응어리 같은 것이 치밀어 오른다. 요사이 일본 아베 정부가 보이는 태도가 심상치 않다. 과거 잘못에 대한 사과는커녕 오히려 우경화와 군사대국화를 노골적으로 주장하면서 군국주의 망령을 부활시키려 하고 있다. 이런 태도는 한일 관계는 물론 동북아 질서를 어지럽히고 나아가 세계 평화를 위협하는 처사다.

50여 년 전 고등학교 2학년 때였다. 어느 날 시청 직원이 우리 집을 방문하여 아버지 성함과 주소를 확인하였다. 대구 검찰청에서 독립운동을 하셨다는 자료가 입수되어 모든 심사를 거쳐, 독립 유공자로 건국

훈장을 받게 되심을 축하한다고 알려 주었다. 우리는 한동안 어리둥절하여 서로 얼굴만 멀뚱하게 바라보았다. 저녁에 아버지께서 퇴근해 오신 후 처음으로 상세한 내용을 들을 수 있었다. 아버지는 1942년 대구 상업학교에 재학 중 태극단이라는 항일 학생결사대에 가담하게 되었다. 체계적인 조직의 간부를 맡아 비밀리에 활동하다 1943년 5월에 전원이 체포되어 옥고를 치르셨다. 이 가운데 16명이 석방되고 4명은 순국했으며 6명은 법정 최고형을 받은 사건이다. 일제 강점기에 광주학생사건과 함께 영남지역의 대표적인 학생운동의 하나였음을 알게 되었다.

아버지께서는 완고한 경북 안동 선비 집안의 사대 독자로 태어나셨다. 어린 시절 늘 사랑방에 기거하며 네 살 때부터 할아버지께서 두루마기 자락에 품고 붓글씨를 가르치셨다고 한다. 더 자라서 활동이 왕성해지자 여름이면 물에 들어가지 못하도록 종아리에 붉은 도장을 찍어 놓으셨다. 그만큼 가문의 대를 중시하여 위험한 곳을 피하도록 당부하셨다. 일찍이 대구로 거처를 옮겨 학교를 다니면서도 어른들의 뜻을 거역하는 일이 없는 모범생이셨다. 일제 강점기의 학교생활은 일본 학생과 한국 학생의 눈에 보이는 차별 대우와 탄압을 수도 없이 지켜보아야만 했다. 혈기왕성한 십대의 학생들은 날이 갈수록 대일 감정이 격화되어 생사의 위험과 가족의 극심한 고통에도 불구하고 민족의 독립을 위해 항거하였다.

며칠 전 신문에 홀로코스트를 거듭 사과한 독일 메르켈 총리의 목에 이스라엘 대통령이 명예시민 메달을 걸어 주는 장면이 보도되었다. 양국의 우호적인 모습에 한없는 부러움을 느꼈다. 다음 지면에는 아베 정권이 일본 정부와 국회가 일본군 강제동원 위안부를 인정하고 사죄한, 고노 담화를 재검증하려는 본격적인 움직임이 일고 있다는 내용이 실렸다. 두 나라는 똑같이 전쟁의 주범이면서도 과거를 생각하는 방법은 너무나 대조적이다.

독일은 기독교 정신이 뿌리 깊은 나라다. 자기들의 죄를 솔직하게 뉘우치고 상대방에게 몇 번이라도 사죄할 수 있는 인간적인 기본을 갖추고 있는 나라다. 인간은 누구나 잘못을 저지를 수 있는 나약한 존재다. 과거의 잘못을 부정하는 일본은 사죄는커녕 계속되는 망언을 일삼고 있다. 역사 교과서 왜곡과 독도영유권에 대한 억지 주장까지 펼치고 있다. 36년이란 긴 세월 동안 우리 조상들이 얼마나 많은 인격적 핍박과 경제적 수탈로 참혹한 피해를 당했을지 다시 한번 뼈저리게 느낀다.

봄이 성큼 다가온 이번 3·1절 기념식에는 연로하신 아버지께서 독립유공자를 대표하여 만세 삼창을 하셨다. 지켜보는 자손들은 어느 때보다도 조상들의 피와 땀으로 독립된 나라와 민족의 소중함을 절실히 깨닫는다. 아직도 그때를 생생히 기억하는 살아 있는 증언들을 결코 잊어서는 안 된다. 지금의 후손들은 역사를 바르게 알고 일본의 군국주의가 부활할 수 없도록 뜨거운 애국심과 사명감을 가지고 나라를 지켜야 할 중요한 시기임을 명심해야 한다.

새바람

아침이 분주하다. 출근하는 사람과 학교 가는 학생의 시간에 맞추어 아침 식사와 준비물로 시끌벅적 사람 사는 냄새가 난다. 얼마 만인가? 막내를 출가시킨 후 거의 십오 년을 특별한 일이 없는 날은 적막한 아침을 맞으며 둘이서 조용한 식사 시간을 가졌다. 모처럼 아침부터 바쁘게 몸을 움직이며 이것저것 챙기다 보니 까마득히 멀어진 젊은 날로 되돌아온 듯 잠시 새바람을 맞이하고 있다.

막내딸네가 새로운 집으로 이사를 하게 되었다. 이사갈 집의 수리로 이십여 일을 세 식구가 친정으로 들어왔다. 혹시 우리에게 폐가 될까 봐 오피스텔을 알아본다기에 무슨 소리냐며 흔쾌히 집으로 받아들였다. 들어오기로 한 날에 맞추어 설레는 마음으로 집 안 구석구석을 살피며 불편함이 없도록 몇 번씩 점검하였다. 꽤 많은 날을 보너스로 생각하며 좋은 추억이 될 수 있으리라 우리 부부는 기대에 부풀었다. 부모들은 늘 자식을 보고 싶어 하고 그때의 사정에 따라 최선을 다하려고 노력한다. TV 광고에 군대 간 아들에 대한 이야기 중에 "아들은 힘들 때 엄마 생각이 나고, 엄마는 언제나 힘들 아들 생각뿐이다."라는 내용을 보고 어쩔 수 없이 물이 아래로 흐르듯 내리사랑의 이치를 깨닫는다. 자연적인 자식 사랑의 본능이 없었다면 아마 인류는 오래전에 멸종의 위기를 맞았을 것이다.

아이들이 있는 동안은 모든 생활을 될 수 있으면 아이들이 편리하게 맞추려고 노력하였다. 아침 식사는 평소보다 빨라지고 저녁 식사는 사위가 퇴근해야 하니까 자연히 늦어졌다. 처음 며칠은 생활의 리듬이 갑자기 흐트러져 불편함도 있었지만, 각오하고 불러들인 한시적인 일이라 즐겁게 맞춰 나갔다. 차츰 활기가 살아나고 집안이 꽉 찬 것같이 든든하였다. 된장국 같은 토속적인 음식을 좋아하여 음식에도 별 어려움이 없었다. 할머니가 해주신 음식은 다 맛있다고 엄지손가락을 치켜세우는 손녀의 귀여움에 새로운 메뉴를 궁리하는 즐거움도 만만치 않았다.

가끔 딸네 부부의 일상을 엿보는 일도 흥미로웠다. 집 인테리어 하는 부분이나 물건을 구입할 때도 부부가 함께 컴퓨터로 검색했다. 여러 가지를 비교 분석하여 꼼꼼하게 처리하는 치밀함도 있었다. 기동력도 좋아서 내비게이션만 보고도 새로운 곳을 어디든지 찾아가 필요한 부분을 해소했다. 손녀의 교육에도 부부가 틈나는 대로 동참을 했다. 서로 시간을 조정하여 때로는 사위가 출근길에 손녀를 학교 앞까지 데려다줄 때도 있다. 차 안에서 늘 손녀가 좋아하는 CD를 틀어준다며 손녀는 아빠와 함께 등교하기를 은근히 좋아하는 눈치였다. 딸이 어느 날 친구들을 만나러 저녁 모임에 나갔다. 사위는 퇴근하면서 학원에서 손녀를 데려와 과제물도 챙기며 딸이 마음 놓고 친구를 만나도록 배려했다. 나지막한 울타리처럼 정겨운 아빠, 가부장적이 아닌 돈독한 친구 같은 남편과 아내로 살아가는 신세대의 모습이 부럽기도 했다.

요즘 세대들은 잘 발달된 통신망을 최대로 이용하여 온 가족이 긴밀하게 결속되어 각자 맡은 일을 무리 없이 해나가고 있다. 정보화 시대를 만끽하는 그들은 평소에 각자가 좋아하는 음악을 찾아 틈나는 대로 듣고 좋아하는 악기도 한두 가지씩 다룬다. 식구가 단출하여 가고 싶은 곳을 찾아 휴가 때마다 가까이 또는 멀리 형편에 맞게 미련 없이 떠난다. 그야말로 쿨하게 살아가는 그들을 보면 젊은 날을 온통 회사일과 자식들 교육과 집안일에만 매달려 살아온 기성세대는 격세지감隔世之感을 느낄 뿐이다.

밝은 가을 햇살같이 환하던 시간이 흘러 어느새 아이들이 자기들의 보금자리로 찾아 들어갔다. 딸이 매일 인테리어 감독을 하여 아파트 맨 꼭대기 층을 아담한 스카이라운지처럼 꾸며 놓았다. 그야말로 X세대의 대표적인 아이들이다. 이전 세대보다 상대적으로 풍요로운 성장기를 보냈기 때문에 기성세대가 보기에는 다소 소비적인 경향이 걱정될 수도 있다. 워낙 자기 일을 똑 부러지게 해내는 성격이라 부모라도 직접적인 조언은 조심스럽다. 같은 나라에 살면서도 각자가 자라온 시대적 환경의 영향은 무시할 수 없다. 요 며칠 갑자기 텅 빈 껍데기 둘만 우두커니 남아있는 기분이다. 새바람을 일으키며 헌 바람을 잠재우던 요술 같은 마법의 힘이 다 빠져 버릴까 두렵기만 하다.

노트북

며칠 전부터 아늑한 방 창가에 책상을 들여놓고 노트북으로 글을 쓰고 있다. 고개를 들면 바깥 풍경이 여과 없이 눈에 들어와 잠시 휴식하며 바라보는 재미가 쏠쏠하다. 오늘은 때 이른 대설 특보가 내렸다. 오후부터 떡가루같이 결 고운 눈이 쉼 없이 내려 앞이 보이지 않을 정도다. 삽시간에 나뭇가지마다 눈이 소복이 쌓였다. 이팝나무처럼 하얗고 탐스러운 눈꽃이 송이송이 매달렸다. 글을 쓰다 말고 넋을 놓고 한참을 바라본다. 어디선가 달콤하고 그윽한 이팝꽃 향기가 코끝을 스치는 듯하다.

그동안 쭉 거실 한쪽 벽면에 데스크탑을 놓고 사용하고 있었다. 글쓰기를 하기 전에는 가끔 메일을 읽고 보내는 작업과 인터넷 뱅킹을 하는 게 고작이었다. 두 식구가 살면서 구태여 혼자 방에 들어가 조용히 작업할 일이 없었기에 전혀 불편함을 느끼지 못했다. 처음 수필 공부를 시작하고도 서투른 작업에 골몰하느라 환경을 생각할 겨를이 없었다. 차츰 글 쓰는 시간이 늘어날수록 거실이라는 열린 공간 속의 여러 가지 소음에 민감해짐을 깨닫게 되었다. 근래에 와선 글쓰기가 너무 힘들면 모두가 잠든 밤 시간을 이용하여 본격적인 작업을 시도하곤 한다. 수면 부족으로 생활의 리듬이 흐트러짐을 알지만 어떻게 작업 공간의 위치를 바꿔야 할지 선뜻 엄두가 나지 않았다. 나이가 들면 무엇이든 새로운 변화를 두려워하는 안일한 마음이 자리 잡게 되는 모양이다.

요사이 부산에 있는 큰딸이 손녀의 학교 관계로 모처럼 친정에 여러 날 머물게 되었다. 잠깐씩 올 때마다 컴퓨터의 위치가 글쓰기에 적당하지 않다는 걸 눈치챘지만, 늘 바쁘게 왔다 가느라 차마 건의를 할 수 없었던 모양이다. 이번 기회에 거실에 있던 노후된 컴퓨터를 하얀 새 노트북으로 교체시켜 주었다. 젊은 사람들은 아이디어도 많고 기동력도 좋다. 몸집이 줄은 노트북을 빛이 잘 들어오고 시야가 탁 트인 방 창가로 옮겼다. 마치 학창시절 부모님이 새 학기에 마련해 주신 학용품을 대하는 소녀처럼 볼 때마다 마음이 설레고 좋았다. 바쁜 틈틈이 몇 번이고 노트북을 열어 보고 이런저런 카페에 들어가는 연습도 해본다. 생각같이 좋은 글이 술술 나왔으면 좋으련만 새 환경에 적응하는 시간이 필요한지 아직 전전긍긍하고 있다.

해가 저물고 사방이 어둑해지자 아파트 앞 동에 한 집 한 집씩 폭죽이 터지듯 불이 켜진다. 아침에 나갔던 가족들이 보금자리를 찾아 돌아오는 시간이다. 눈길을 밟으며 돌아올 가족들을 맞이하기 위해 따끈한 음식을 마련하느라 바쁘게 움직일 엄마의 모습을 그려본다. 춥고 눈마저 내리는 날 희뿌연 시야에 몸을 움츠리며 집을 향해 발걸음을 재촉하는 아이들이 보인다. 거실 한쪽에서 벽을 바라보고 글을 쓸 때보다 훨씬 다양한 시선으로 바라볼 수 있는 대상이 많아졌다.

요즘 노트북을 사용하면서 지루한 일상에 가끔씩 변화를 주는 것은 우리에게 새로운 활력을 선사한다는 것을 다시 한번 깨닫고 있다.

어렵게 글쓰기를 시작하고도 컴맹이라는 이유로 중도에 포기해 버린 안타까운 회원들을 종종 본다. 누구나 컴퓨터로 처음 글쓰기를 할 때는 자판을 잘못 눌러서 글이 통째로 날아가는 등 여러 가지 난감한 경험을 하게 된다. 텍스트를 복사해 두거나 문서를 저장하는 습관 등 몇 가지 꼭 필요한 방법을 익히면 글쓰기가 결코 어렵지만은 않다. 젊은 사람들보다 빠르게 적응하지는 못하지만, 꾸준히 용기를 가지고 도전해 보면 무궁무진한 새 세상을 맛볼 수 있는 기회가 열린다. 하루가 다르게 변하는 정보화 시대에 뒷방 늙은이로 밀려나는 건 슬픈 일이다.

컴퓨터는 나이가 들고 기동력이 줄어들수록 없어서는 안 될 친구 같은 존재다. 살아가는 데 필요한 정보를 검색하면 누구보다 신속하게 알려주는 생활의 길잡이다. 소외와 고독에서 벗어나 세상 사람들과 쉽게 소통할 수 있는 훌륭한 매개체 역할을 한다. 적절하게 사용하면 지루한 노후의 삶이 한결 풍요로워지는 계기가 된다. 어느 곳이나 편리하게 자리를 옮길 수 있고 휴대도 할 수 있는 새 노트북과 함께 오늘도 미지의 세상 속을 마음껏 누비고 싶다.

눈발이 헤아릴 수 없이 떠다니는 희뿌연 시야 사이로 간간이
물체가 보인다. 나무마다 가지가 휘청거릴 정도로 눈이 쌓였고
오가는 사람들의 발길이 뚝 끊어진 적막한 겨울 풍경이다.

－「겨울 길목에서」 부분

- 3 -

소중한 나날

야생화, 최길성作, 2012년

아름다운 이별

잔뜩 찌푸린 회색빛 하늘이 한층 더 마음을 가라앉게 한다. 겨울 가뭄이 극심하다. 비 또는 눈이라도 시원하게 내렸으면 좋으련만 봄비 같은 실비만 내리고 며칠째 우중충한 분위기만 연출한다. 마음이 심란할 때는 날씨가 한층 더 많은 심리적 작용을 한다. 가뜩이나 느닷없이 날아온 비보悲報에 돌덩이같이 무거운 마음에 날씨까지 일조를 하고 있다.

얼마 전부터 지인과 함께 텃밭을 일구느라 일주일에 한두 번씩 용인 운학동을 다니고 있다. 운학동으로 가는 국도에 원삼 백암이라는 이정표를 볼 때마다 그녀가 생각났다. 십여 년 전 백암에 주택을 지어 살고 있는 친분이 두터운 고향 후배다. 그동안 멀지 않은 곳이면서도 한 번씩 시간을 낸다는 게 서로가 여의치 않았다. 며칠 전 후배가 전화를 했다. 하루 전에만 온다는 연락을 해주면 언제라도 환영한다며 보고 싶다는 후배의 말이 귀에 자꾸 맴돌았다. 텃밭 일이 대충 마무리가 되고 김장 수확만 기다릴 시기에 하루 짬을 냈다. 초행길은 영동 고속도로를 통과하여 어렵사리 그녀의 집을 찾아갔던 기억이 난다.

이번에는 국도로 원삼을 거쳐 백암을 향해 차를 몰았다. 밝은 햇살에 아늑하게 보이는 마을들과 갓 수확을 마친 고요한 빈 들을 지났다. 오르막길은 산길을 굽이굽이 몇 번씩이나 돌아가는 길이다. 마치 대관령을 방불케 하는 늦가을 찬란한 단풍이 아주 먼 곳으로 여행이라도 가는 듯 마음이 부풀어 올랐다. 국도로는 처음 가는 길이지만 이정표를 따라 별 무리 없이 담장 높은 그녀의 집에 무사히 도착했다. 우리는 예전처럼 반갑게 만나 그동안 쌓아 두었던 이야기로 시간 가는 줄을 몰랐다. 그녀는 조금 수척해 보였고 흰머리가 듬성듬성 보기 좋게 섞여 있었다. 마당에 들깨를 수확해 몇 자루씩 담아놓은 그녀의 남편은 예전보다 훨씬 건강해진 모습이다. 시야가 탁 트인 운치 있는 거실에서 그녀가 좋아하는 음악을 듣고 책을 읽었을 평화로운 모습이 그려졌다. 이제 집 안 구석구석도 한결 사람 사는 냄새가 푸근하게 묻어났다.

그녀는 오십 대에 녹내장으로 인해 시야가 점점 좁아지는 현상을 우연히 발견하게 되었다. 그녀의 친정아버지께서도 같은 병으로 오래 고생하셨던 기억이 난다. 병원에서 진행을 조금이라도 늦추는 약물 치료 말고는 딱히 치료 방법이 없다는 말을 들었다. 서울에서는 생활하기가 날이 갈수록 여러 가지로 불편한 점이 많았다. 남편이 퇴직하자 마당이

넓은 주택을 지어 이곳에서 생활하고 있다. 그녀는 평소에도 여러 사람들과 교류하는 것을 그다지 좋아하는 성품이 아니었다. 모든 것을 다 수용해주는 남편의 끊임없는 배려로 크고 작은 시행착오를 겪으며 이제는 제법 시골 생활에 적응하고 있는 것 같아 한결 마음이 놓였다.

돌아오는 길에는 그녀와의 오랜 만남이 주마등처럼 지나갔다. 젊은 날 남편이 직장 동료와의 대화 중 그녀가 고향 후배인 걸 알게 되었다. 처음 방문한 날이었다. 어린 아들을 안고 남편과 함께 우리 집 대문으로 들어서자 이산가족이 상봉하는 것처럼 반가워했던 모습이 지금도 눈에 선하다. 그 이후 사십여 년을 우리는 서로를 지켜보며 응원하는 든든한 후원자였다. 힘든 일도 좋은 일도 주저 없이 가장 먼저 알리고 싶은 사이였다. 밝고 순수한 약간 자유로운 영혼을 가진 그녀는 70년대에 미국 유학을 다녀온 인텔리다. 결혼 초 한동안 시댁의 여러 형제 중 맏며느리 역할이 버거워 많은 갈등을 겪기도 하였다. 그때마다 남편의 깊은 이해와 사랑으로 잘 극복하고 지금은 그녀도 어엿한 시어머니며 할머니가 되었다.

다녀온 후 2개월 남짓 된 날 아침이다. 외출을 하려고 한창 준비를 하던 중 그녀의 남편에게서 카톡이 왔다. 무심코 열어보니 '저의 집사람이 심장마비로 사망하여 가족만으로 장례를 마쳤음을 알려 드립니다. 마음이 정리되는 대로 연락드리겠습니다.'라고 쓰여 있었다. 이런 무슨 뜻딴지같은 소린가? 눈을 의심하며 두근거리는 가슴으로 몇 번이나 문자를 확인해도 내용은 달라지지 않았다. 온몸에 힘이 빠지고 말문이 막혔다. 저번 방문 때 깜빡 잊고 준비해 둔 복숭아 식초를 못 주었다고 안타까워 전화가 왔었다. 그녀의 마지막 목소리가 아련히 들리는 것 같다. 산다는 것은 이렇게 아무 예고도 없이 어느 날 갑자기 영원한 이별을 할 수도 있는 것이구나.

톨스토이는 살면서 늘 죽음을 기억하라고 일렀다. 지금 살아 있는 이 순간이 소중한 선물처럼 느껴지며 순간순간 충실한 삶을 살아갈 수 있기 때문이다. 그동안 불편함을 인내하며 최선을 다해 살아온 후회 없는 그녀의 삶에 한없는 경의를 표한다. 오늘은 외출을 자제하고 누구보다 음악을 좋아했던 그녀를 기억하며 안드레아 보첼리의 〈Time to say goodbye〉를 들어야겠다. 영혼을 울리는 그의 목소리를 들으며 그녀의 편안한 안식을 간절히 기도하고 싶다.

소중한 나날

남편은 우리나라 근대화의 충실한 일꾼이었다. 세계는 넓고 할 일은 많다는 시대적인 흐름에 해외 출장으로 집을 비우는 날도 많았다. 집안의 대소사나 아이들의 교육에 관한 문제를 차분하게 의논하고 참여할 시간적 여유도 쉽게 허락되지 않았다. 아주 특별한 경우를 제외하고는 대부분의 집안일들을 어쩔 수 없이 혼자 결정할 때도 있었다. 젊은 나이에는 감당하기 버거운 집안일들로 때로는 불면에 시달리고 소화장애는 늘 달고 살았다. 오로지 회사 일에만 전념하는 남편에게 불만을 털어놓을 용기도 없었다. 어려웠던 시기에 모두가 잘살아 보려고 노력하는 당연한 처사로 받아들였다. 다만 숨 가쁘게 살아가는 남편과 아이들의 건강 유지를 위해 나름대로 노력했던 소중한 나날들이었다.

어느 날 사십 년 가까이 규칙적이고 절제된 직장생활을 하던 남편이 퇴직을 하게 되었다. 처음 얼마 동안은 하루 종일 구분이 없는 생활에 서로 불편한 점도 많았다. 막연히 듣고 상상만 하던 일들이 연습도 없이 눈앞에 닥치는 것이 우리의 삶이다. 더구나 남편은 그토록 열심히 노력했던 회사가 외환 위기 이후 그룹 전체가 해체되는 어려움을 겪었다. 그 상실감과 후유증을 수습하느라 퇴직 후도 얼마 동안 마음고생이 많았다. 옆에서 안타깝게 지켜보다 남편이 퇴직 후 하고 싶어 했던 그림 공부를 조심스럽게 권유해 보았다. 남편은 늘 말보다는 무엇이든 행동으로 실천하기를 좋아하는 성품이다. 원래 좋아하던 운동과 그림 그리기를 꾸준히 병행하며 차츰 지나간 일들에서 벗어나 현실에 적응해 나갔다. 기회가 있을 때마다 해외나 국내를 지인들과 함께 여행하는 여유도 가질 수 있었다.

요즘은 아침마다 잠결에 어렴풋이 주방에서 수돗물이 흐르는 소리, 그릇을 만지는 딸그락거리는 소리에 눈을 뜬다. 내가 아닌 누군가의 인기척이 반갑고 고맙다. 둘만의 시간이 시작된 후 아침잠이 없는 남편은 다섯 시 반이면 어김없이 일어난다. 비나 눈이 오지 않는 한 매일 아파트 뒷산 밑에 있는 학교 운동장을 걷는다. 걷기를 마치고 집에 돌아오면 언제부턴가 미리 마련해 둔 간단한 아침 한 끼를 남편이 준비한다. 정신 없이 바쁘게만 살았던 지난날들을 보상하듯 사명감을 가지고 마련한 아침은, 우리 부부의 하루 중 가장 행복한 시간이다. 약속이 있는 날을 제외하고는 시간에 쫓기지 않고 느긋하게 아침을 즐기며 소중한 하루가 시작된다. 이제는 서로의 생활 반경을 거울처럼 환하게 알고 있다. 기본적인 자기의 역할 이외의 시간은 각자의 계획에 따라 구애 없이 활동하는 편안함을 누리고 있었다.

짬통 같은 더위가 연일 기승을 부리던 지난 팔월이었다. 왕성하게 활동하고 건강관리에도 소홀한 적이 없는 남편이 얼마 전부터 가끔 복부에 약간의 불편한 느낌을 호소했다. 몇 달 전 종합건강검진에 아무런 이상 징후가 없었기에 크게 걱정은 하지 않으면서 그 부분에 명의가 있다는 종합병원을 찾았다.

모든 검사를 마친 결과 암이라는 뜻밖의 병명에 우리 부부는 놀라고 당황하였다. 다행히 시기와 부위가 수술로 치유할 수 있는 정도라는 의사의 말을 믿고 수술을 시도했다. 수술실에 들어간 환자가 회복실로 왔다는 문자를 초조하게 기다리며 연신 핸드폰을 열어본다. 언뜻 병실 창밖 저만치 올림픽 대교가 보인다. 다리 밑 강물은 초가을 밝은 햇살이 쏟아져 온통 윤슬로 눈이 부시다. 올림픽대로를 달리는 차들은 꼬리에 꼬리를 물고 여느 때와 같이 모두 바쁘게 달린다. 창밖은 생동감 넘치는 일상이 이어지고 창 안쪽의 병실은 고요한 침묵 속에 간절한 기도가 새어 나온다. 오늘따라 창밖에 일어나는 모든 것들이 처음 보는 것처럼 낯설고 더욱 소중하게 느껴진다.

드디어 회복실에 왔다는 짧은 문자가 왔다. 가슴을 쓸어내리며 감사의 기도가 나온다. 요즘 흔히 백세 시대라고 말하지만 건강 수명은 칠십삼 세라고 한다. 일반적으로 칠십삼 세가 넘으면 여기저기 퇴행성 질병과 암에 시달리다 서서히 수명을 마감하는 사례가 많다고 한다. 남편을 따라 종앙내과에 갈 때마다 환자들이 많아 마치 명절 귀성객들로 붐비는 기차역 대합실로 착각이 들 정도다. 암이 감기처럼 쉽게 찾아와 우리들의 생활을 위협한다는 말이 현실이다. 지금까지는 나이를 깊이 인식하지 않고 생활하다 남편이 덜컥 아프고 보니 노인이라는 생각이 절실히 다가온다. 우리나라에서 노인이라는 말은 왠지 부끄럽고 사회의 짐이 되는 사람들로 전락해 버렸다. 미래 성장 동력이 될 아이들은 줄고 노인들은 세계에서 가장 빨리 늘어나 나라의 가장 큰 위험 요소로 떠오르고 있기 때문이다.

지금 노인 세대인 칠팔십 대는 젊은 날 제대로 휴가 한번 즐기지 못하고 온몸을 바쳐 경제를 일으켜 세운 주인공들이다. 또 어른들을 봉양한 마지막 세대이고 아래로는 버림받는 첫 번째 세대라는 서글픈 말이 떠오른다. 때로는 현 사회에 섭섭한 마음이 들 수도 있지만 어쩔 수 없는 시대의 흐름에 적응할 수밖에 없다. 지나간 시대의 답습에서 벗어나 새로운 시대를 받아들이고 포용하는 마음가짐이 세대 간의 화합을 이루는 지름길이다. 얼마 남지 않은 소중한 나날들을 한발 물러서서, 조용하고 품위 있게 마감할 수 있는 지혜를 터득하는 시간으로 채워가야겠다.

삶의 양면성

장례 미사를 드렸다. 미사 중에 가족들의 애절한 슬픔과 한 영혼의 가는 길을 묵상하며 평안한 안식을 간절히 기도했다. 멀찌감치 착잡한 마음으로 서서히 움직이는 운구차를 고개 숙여 배웅한다. 돌아오는 길에는 찬란한 봄과 함께 연녹색 새순이 봄바람에 살랑거리고, 벚꽃이 눈부시도록 하얗게 뭉게구름처럼 피어있었다. 끝과 시작을 보는 듯 혼돈된 마음이 얼른 이것에도 저것에도 잘 적응이 되지 않는다. 삶은 대체로 극과 극의 양면성을 가지고 우리들의 일상을 흔들고 있다.

긴 겨울 동안 앙상한 가지로 묵묵히 혹한과 삭풍을 견디며 봄을 기다린 나무들은 하나둘 꽃을 피우기 시작한다. 오랜 기다림 끝이라 봄나무는 잎보다 꽃을 성급하게 피우며 세상에 존재를 알린다. 한층 따뜻한 햇살과 여리고 투명한 빛깔의 봄꽃들은 찬바람에 지친 사람들의 마음을 단숨에 사로잡는다. 여기저기 봄꽃의 무리들을 황홀하게 지켜보며 무거운 옷들을 하나씩 벗어 버린다. 며칠 봄을 만끽할라치면, 꽃잎은 어느새 꽃비가 되어 바람에 흩날리며 신기루처럼 가지에서 사라진다. 꽃이 피면 머지않아 져버린다는 것을 알면서도 꿈같이 짧게 떨어진 꽃잎을 보면 못내 아쉽기만 하다.

희뿌연 여명으로 희망찬 아침이 열린다. 세상의 모든 일상들은 다시는 밤이 오지 않을 것 같은 열기로 하루가 시작된다. 이슬에 젖은 풀잎은 햇빛을 받아 물기를 털어내며 반짝이고, 갓 잠에서 깨어난 생명들은 너도나도 활짝 기지개를 켠다. 한낮의 에너지를 받아 생물들은 성장하고, 사람들은 각자 맡고 있는 다채로운 일과들로 분주하게 움직인다. 한숨 돌리는 순간 훌쩍 또 하루해가 지고 붉어지는 저녁노을을 바라본다. 다급한 마음으로 주어진 일감을 마무리하는 손길은 더욱 빨라진다. 나날이 반복되는 일상들이지만 시간은 어떤 경우에도 멈추지 않고 쉼 없이 흘러가 버린다는 사실을 나이가 들수록 더 뼈저리게 느낀다. 낮이 서서히 어둠 속으로 묻히면 내일을 위한 재충전으로 밤은 또 고요한 시간을 갖는다. 자연의 오묘한 섭리가 새삼스럽고 놀랍기만 하다.

몇 해 전 이웃 나라인 일본의 남쪽 규슈 지방 구마모토에서 난 지진으로 인명 피해와 재산 피해가 크다는 소식이 잇따라 전해졌다. 우리나라 부산까지도 여러 차례 여진을 느낄 만큼 지진의 규모가 컸다. 세상에 일어나는 모든 일들이 나와는 전혀 상관없는 것이라고 단정 지을 수는 없다. 한국도 더 이상 지진의 안정권이 아니다. 요사이 고도古都 경주에 이어 포항에서도 몇 차례씩 강도 높은 지진과 잦은 여진으로 온 국민들이 놀라고 있다. 우리나라도 지진에 대한 교육을 강화하고 철저히 대비해야 한다는 목소리가 한층 더 높아지고 있다.

온난한 기후와 울창한 수목과 계곡이 사계절 모두 아름답기로 소문난 구마모토가 불안한 지진대의 양면성을 지니고 있어 많은 관광객들의 안타까움을 자아내고 있다.

살아가다 보면 뛸 듯이 기쁜 시간도 오래가지 못한다. 기쁨으로 인해 파생되는 또 다른 걱정이 뒤따른다. 도저히 견딜 수 없을 것만 같던 슬픔도 참고 시간이 지나면 기쁨으로 충만할 일도 생기기 마련이다. 동전의 양면과 같이 성공과 실패, 안정과 불안, 기쁨과 슬픔 등은 모두가 함께 우리의 삶 안에 맞물려 있다. 우리가 받아들일 수밖에 없는 삶의 양면성을 어두운 면만 바라보면 우울하여 절망의 수렁에 빠져 버린다. 밝은 면만 보면 헛된 환상에 젖어 삶이 허망하게 될 염려가 있다. 나쁜 일에는 그것을 통해 깨우침을 얻고 한층 성숙해지는 계기가 된다는 이치를 깨닫는다. 산다는 것은 어느 한곳으로 치우치지 않는 평정심을 가질 수 있도록 끊임없이 노력하는 과정이 아닐까 생각해 본다.

가을의 초대

아침저녁으로 제법 찬 기운을 피부로 느낀다. 이제 완연한 가을이 왔나 보다. 유난히 더웠던 여름과 지루한 장마로 마음속으로 은근히 가을을 기다리고 있었는지도 모른다. 허나 막상 해 질 무렵 스산한 바람에 조금씩 물들어 조락凋落하는 나뭇잎은 우리들의 마음을 한없이 쓸쓸하게 만든다. 모든 자연은 때가 되면 어김없이 순환의 과정을 묵묵히 견디며 순응해야 하는 피조물이다. 우리도 자연의 일부분이다. 이런저런 생각이 깊어질 때 몇 년 전 지방에 있는 전원주택으로 거처를 옮긴 친구에게서 꼭 한번 다녀가라는 연락이 왔다.

가을날의 초대이다. 몇 번이나 망설이다 이번에는 모든 일정을 미루고 남편과 함께 시외버스를 탔다. 모처럼 일상을 떠나 설레는 마음에 창밖으로 시선이 머문다. 구름 한 점 없는 눈부신 초가을 날씨다. 멀리 순한 짐승처럼 겹겹이 누워있는 검푸른 산등성이와 한창 누렇게 물든 들판의 벼 이삭들이 계절의 조화를 이루고 있다. 아직도 친구를 만나러 가는 길은 기대감으로 가슴이 두근거린다. 두 시간 남짓 지나 경북 영주 터미널에 도착했다. 친구 부부는 먼저 도착한 친구와 함께 마중을 나와 있었다.

친구의 남편은 대기업에 다니며 우리나라 산업의 일선에서 열심히 노력한 성실한 일꾼이었다. 그 보람으로 탄탄한 경제적 기반도 다졌다. 얼마 전부터 남편의 건강에 이상 신호가 오기 시작하였다. 평소에도 유난히 자연을 좋아하던 부부는 고향 근처인 영주에 전원주택을 마련하였다. 가끔씩 내려와 지내다 지금은 완전히 이곳에 정착을 하였다. 서울서 복잡하게 신경 쓰던 일도 모두 내려놓았다. 건강도 조금씩 좋아져 일 년에 몇 번씩 정기검진 받고 약 처방 받으러만 서울을 오가고 있다. 전원생활에 푹 빠진 친구는 가을이 다가오자 우리들을 초대해 주었다.

점심을 먹으러 가는 길옆 곳곳에 빨간 꽃처럼 사과가 팔을 뻗치면 잡힐 듯이 다닥다닥 붙어있다. 포도, 복숭아 등의 과일과 한우로도 유명한 이곳은 쾌적하고 마냥 평화롭기만 하다. 친구는 식사 후 부석사를 들르자는 제안을 했다. 신라의 의상대사가 왕명을 받고 창건한 사찰인 부석사의 무량수전은 국보 18호로 우리나라의 가장 오래된 목조건물 중 하나다. 처마의 네 귀에 모두 추를 달고 기둥은 배흘림 기법으로 건물의 안정감을 추구하였다. 무량수전 뒤편에 공중에 뜬 바위가 있어 부석사라는 명칭이 붙여졌다. 예전에도 몇 번 다녀간 적이 있었지만 오늘따라 새롭게 곳곳을 둘러보며 천년 고찰의 향취를 다시 한번 느껴 보았다.

친구의 전원주택으로 가는 길에 소수서원이라는 팻말이 보였다. 우리나라 최초의 서원이자 사액서원이다. 임금님께서 직접 이름을 지어 새긴 편액과 책, 토지, 노비를 하사받았다. 세금과 군역을 면제받는 특권도 가진 사립대학이었다. 1542년 최초 건립한 후 약 350년 동안 4,000명의 인재를 배출한 곳이다.

지금도 이곳이 선비의 고장이라 불리는 것은 이런 이유일 것이다. 촉박한 시간 관계로 오늘은 들리지 못하고 몇 년 전 와 보았던 기억을 더듬으며 친구의 집으로 발길을 돌렸다.

소백산 자락에 저수지가 내려다보이는 아름다운 목조 주택단지가 우리를 기다리고 있었다. 정원에 들어섰다. 빨간 열매를 달고 있는 주목나무와 멋스럽게 자리 잡은 소나무가 인상적이었다. 코스모스, 백일홍, 과꽃, 데크에 주렁주렁 매달려있는 수세미에서 부지런한 친구의 손길이 온몸으로 느껴졌다. 이 꽃들이 다 시들기 전에 우리를 초대하고 싶었다는 말이 실감이 나도록 가을 풍경과 잘 어우러져 있다. 몸이 좋지 않은 남편 뒷바라지도 만만치 않았을 텐데 잔디에 잡풀 하나가 보이지 않는다. 향긋한 차를 마시며 친구의 남편은 아내가 없는 생활은 죽지 못해 사는 목숨에 불과하다고 아내의 소중함을 털어놓았다. 친구는 평소에도 살아가는 지혜가 누구보다 많은 사람이다. 남편의 건강을 위해 지방에 살면서 외로움을 견디며 기사, 집사, 정원사까지 궂은일을 마다하지 않았다. 또 성심껏 남편의 건강도 챙기고 우리들에게도 즐거운 자리를 마련하였다.

한참을 웃고 이야기하다 백발이 성성한 남편들과 초로初老의 우리들이 눈에 들어왔다. 우리들은 천둥벌거숭이로 마냥 즐겁기만 하던 초등학교 동창들이다. 지나고 나니 정말 세월이 어느새 이렇게 코흘리개 철부지들을 할아버지, 할머니로 만들어 놓았을까 생각해본다. 마음은 아직 무엇이든 할 수 있을 것 같지만 몸은 벌써 여기저기 말을 듣지 않는다. 우리들의 나이도 계절로 치면 가을 끝자락에 와 있다. 서서히 추운 겨울을 하나씩 준비해야 된다고 생각하니 마음이 숙연해졌다.

문득 지나온 날들이 스쳐 간다. 나름대로 피치 못할 많은 어려움도 있었다. 모두 꿋꿋하게 잘 견디고 초대해준 친구가 있어 서로 얼굴 마주 보며 가을을 음미할 수 있다는 것은 분명 행운이라고 마음을 달래본다. 짧아진 가을 해가 은은하게 노을 지고 있다. 당일로 돌아오는 빠듯한 일정이 마냥 아쉽기만 하다. 한쪽이 불편한 노년은 결코 녹록지 않을 수 있다. 불평 없이 친구 부부가 서로 따뜻하게 기대며 헌신적으로 살고 있는 모습이 오래도록 진한 향기로 가슴에 남아있다.

불꽃

　서서히 가을은 또 멀어져 간다. 스산한 바람과 함께 나무들은 마지막 혼신을 다해 형형색색으로 찬란하게 불타오르고 있다. 햇빛에 투영된 단풍은 어떤 꽃보다 더욱 아름답게 사람들의 시선을 사로잡는다. 머지않아 잎이 떨어져 앙상한 가지가 될지라도 현재에 최선을 다하는 열정적인 모습에 찬사를 보내고 싶다. 모든 생물은 살아가면서 한 번쯤은 불꽃을 피울 수 있기를 꿈꾸며 끊임없이 노력하고 있다.

　얼마 전 가수 S씨가 아직 젊은 나이에 갑자기 우리 곁을 떠났다. 가끔 TV에서 에너지가 넘치고 당당한 카리스마로 노래하던 그가 떠오른다. 그를 추모하는 많은 사람들은 그의 짧은 생애를 재조명하며 안타까워하고 있다. 불꽃 같은 열망으로 그가 남긴 많은 음악들은 우리들의 마음속에 영원히 간직되리라 믿고 싶다. 불꽃은 오랜 기다림 속에 한순간 화려하게 피어났다 사그라지고 마는 어쩌면 허망한 꿈인지도 모른다. 하나 그 흩어지는 불빛의 조각들이 우리들에게 또 하나의 희망이 되고 영원으로 이어지는 위력을 발휘한다.

지구상에 존재하는 모든 생물은 영원한 것이 없다. 언젠가는 사라진다는 절대적인 법칙이 우리를 때때로 한없이 초조하고 슬프게 한다. 한편으로 유한한 삶을 살아야 하기 때문에 우리는 영원한 것을 창조하고 남기고 싶은 충동이 불꽃같이 일어나는지도 모른다. 네덜란드의 화가 고흐는 생전에 한 번도 타인으로부터 자기 작품에 대한 인정을 받지 못했다. 늘 자신에 대한 회의를 느끼며 불우하고 곤궁한 삶을 살았다. 죽기 전 마지막 2개월 동안 불꽃 같은 삶을 살며 그가 남긴 70여 편의 명화는 영원히 우리들에게 강렬한 색채의 아름다움을 선사하고 있다. 자기를 버릴 수 있는 불꽃 같은 의지가 없이는 사람들의 마음을 울리는 그 무엇이 탄생될 수 없다.

나라를 지키기 위해 목숨을 바치는 독립운동가, 자기의 종교를 지키기 위해 피 흘리는 순교자의 삶도 불꽃 같은 마음의 표출이다. 인류의 역사는 각 분야의 수많은 사람들이 피워 올린 불꽃으로 정화되고 이룩되며 이어져간다. 소멸이라는 슬픈 이별을 예감하면서도 무엇을 위해 또 누구를 위해 불꽃이 될 수 있는 삶은 가장 값지고 위대하다. 자연의 순리를 닮아 묵묵히 현재에 충실하며 언젠가 환하게 타오를 수 있는 불꽃이 되기를 나 또한 날마다 소망하며 살아가고 있다.

개인전

       퇴직 후 여러 해 동안 남편은 소일 삼아 꾸준히 그림을 그렸다. 그룹 전시회를 5회 정도 하여 좋은 반응도 얻었다. 어느 날 지도하는 교수님이 "작품도 많고 실력도 있으시니 개인전을 해보자"는 권유를 했다. 생전 처음 하는 일이라 어떻게 해야 할지 엄두가 나질 않아 몇 번이나 망설이다가 용기를 냈다. 전시회 장소를 물색하기도 만만치 않았다. 갤러리 분위기, 오시는 분들의 교통, 대관료 등을 고려하여 12월에 성남아트센터에 신청서를 제출했다.

       다행히 성남아트센터 서류 심사에 공인되어 2011년 3월 26일부터 4월 3일까지 전시회를 허락한다는 통보가 왔다. 만물이 소생하는 봄의 문턱에 평소에 쉽게 해보지 못한 경험을 한다는 것이 두렵기도 하지만 벅차기도 하였다. 그때부터 남편은 전시회를 위한 마무리 작업으로 그동안 그려둔 그림들을 하나하나 점검하며 분주한 나날을 보냈다. 초대장 인사말, 팸플릿 교정, 그림 제목, 오픈식 손님 접대를 위한 다과, 테이블 세팅 등은 내가 도와주기로 했다. 혹시 지인들을 초대해놓고 소홀한 부분이 있을까 노심초사하며 경험이 있는 분께 자문을 구하기도 하고 다른 분의 오픈식도 몇 번 둘러보았다.

드디어 3월 26일 토요일 오후 오픈식 날이 다가왔다. 전시장은 29점의 그림을 잘 배치하여 걸고 조명도 작품 하나하나에 잘 맞도록 조절하여 그림이 한결 돋보이고 아름다웠다. 전시장 안팎에는 여러 분들이 보내주신 화환과 화분들로 분위기가 한층 무르익었다. 3시가 되자 남편 친구, 지인, 친척분들이 많이 오셔서 축하해 주었다. 큰사위가 사회를 보고, 남편의 오랜 친구인 우 교수가 축사를 해주었다. 손녀 가영이가 인사말을 똑똑하게 잘하여 많은 박수를 받고 서윤이가 "할아버지 사랑한다"고 고백하여 한바탕 웃음을 자아냈다.

느닷없이 개인전 초대장을 받고 호기심 어린 마음으로 오신 분들이 많았다. 자주 만나는 친구 몇 사람 말고는 7년 가까이 그림 공부를 하면서도 알릴 기회가 없었다. 몇 번의 단체전에는 번거로움을 피해 우리 가족들만 참석하였다. 그동안 사회생활 하면서 누구보다 약주를 좋아하고 운동을 즐기는 활동적인 모습만 보아온 분들은 남편이 그림을 그리리라고는 전혀 상상을 하지 않았다고 한다. 더구나 다양한 꽃을 소재로 섬세하게 표현된 정서적인 작품을 보고 적잖이 놀라는 표정이었다.

평소에 남편은 퇴직하여 시간이 주어진다면 그림 공부를 해보고 싶다는 말을 하곤 했다. 중학교 다닐 때 미술반에서 활동했고 사생대회에서 경주 안압지를 그려 경북도지사상을 받았던 기억을 들려주었다. 미술 선생님께서 집을 방문하여 부모님께 미술 전공을 시켜 보자는 제의를 하시다 걱정만 듣고 꿈을 접었다며 아쉬워했다. 그동안 회사에 다니면서 잦은 해외 출장과 과도한 업무를 감당하느라 취미생활은 휴일에 필드에 나가 스트레스를 푸는 일이 전부였다.

일주일에 두 번씩 기초부터 시작하여 여러 대상을 두고 꾸준하게 열심히 그렸다. 때로는 야외 수업도 즐겁게 하면서 퇴직으로 인한 여러 가지 힘든 고비가 차츰 치유되고 회복되어 갔다. 그중에 꽃을 소재로 하여 그릴 때가 가장 마음이 편안하고 행복하다고 했다. 하나하나 완성되어 가는 과정에 환하게 피어나는 꽃들은 금방 향기가 뿜어 나올 것 같은 착각이 들 정도로 감동을 준다고 했다. 꽃 그림은 작업을 하는 모습을 지켜보는 사람도 정서적으로 밝아지는 기쁨을 느낀다. 개인전을 하는 동안 어느 분은 다시 보고 싶다고 한 번 더 다녀가신 분들도 있었다. 이해하기 어려운 현대미술과 추상화보다는 꽃의 친근감이 우리 정서에 편안함을 주는 모양이다.

개인전을 끝내고 몇 개월이 지나 아련한 추억이 되어 갈 무렵이었다. 지도하시는 교수님께서 40년 전통의 구상 미술 공모전에 출품을 제안했다. 두 점을 출품하여 1점이 입선 통보를 받았다. 처음 출품하여 입선하기가 쉬운 일이 아니라며 지도 교수님이 무척 좋아하셨다. 입선작 전시회가 11월 1일부터 열려 서둘러 전시장을 둘러보았다. 각자의 또 다른 체험들을 훌륭하게 표현한 수준 높은 작품들이 가슴을 설레게 했다. 한 작품 작품마다 열심히 분석하며 감상하는 남편의 눈은 빛났다. 인간을 위로하고 격려하는 예술의 힘을 체험했기에 더욱 열심히 소통하기를 응원하고 싶다.

겨울 길목에서

갑자기 영하로 내려간 기온에 정신이 번쩍 든다. 단풍이 여러 날 된몸살을 앓고 조용히 내려앉은 자리에 어느새 하얀 눈이 소복이 쌓였다. 가는 계절을 미처 배웅할 사이도 없이, 오는 날들을 맞이할 준비로 몸과 마음이 분주하기만 하다. 극심한 가뭄으로 애태우던 농민들은 생각보다 잘 무르익은 과일과 알찬 곡식들을 갈무리하는 손길이 빨라진다. 겨우내 가족들을 부양할 음식을 장만하느라 주부들도 겨울 길목은 어느 때보다 힘들고 바쁜 나날을 보내고 있다.

매서운 바람과 함께 해마다 이맘때는 입시 한파까지 몰아친다. 수능 시험을 치르는 날은 온 나라가 떠들썩하게 배려하고 응원하는 진풍경이 벌어진다. 수험생을 둔 부모들은 자식들이 그동안 쌓아온 노력을 최대한 발휘할 수 있도록 모두가 기도하는 마음이 된다. 90년대 초 베이비붐으로 쏟아져 나온 수험생들 속에 우리 아이들은 혹독한 입시 전쟁을 치러야만 했다. 그때는 대학입시만 무난히 통과되면 별다른 걱정이 없을 것 같은 심정으로 아이들마다 최선을 다해 매달렸다. 그 후 입시에 관한 정보는 별로 알고 싶지도 듣고 싶지도 않을 만큼 관심에서 멀어져 갔다. 사람들이 살아가는 길은 한 문제를 해결하면 또 다른 강도 높은 문제가 늘 기다리고 있기 때문이다.

시간은 물처럼 쉼 없이 아래로 흘러 한 세대를 교체시키고, 올겨울 길목에는 부산에 있는 손녀가 고등학교 입시를 치르게 되었다. 귀엽기만 하던 재롱둥이가 무엇을 아는지 목표를 향해 3년 동안 끈질기게 노력하였다. 다니는 중학교의 명예를 걸고 도전해 보라는 선생님들의 권유로 용인에 위치한 자율형 사립고에 원서를 제출하고 면접을 보았다. 막상 합격자 발표 날은 만감이 교차했다. 자식의 입시 발표를 기다릴 때보다 더 애가 탔다. 어린것이 실망하는 안쓰러운 모습은 도저히 견딜 수 없을 것 같았다. '하나의 문이 닫히면 또 다른 문이 열린다.'는 명언을 떠올리며 '만약 불합격이면 어떻게 위로와 용기를 줄 수 있을까?' 생각만 해도 가슴이 저렸다. 손녀의 첫 꿈이 꼭 이루어지기를 간절히 기도했다. 합격 소식은 컴퓨터 접속이 폭주하여 예정 시간보다 한 시간이나 늦게 듣게 되었다. 감사의 기도가 저절로 나왔다.

아직은 겨울 길목인데 성급한 눈발이 종일 소리 없이 내린다. 아파트 전체가 갑자기 정전까지 되는 바람에 거실 창밖을 내다보니 온 동네가 하얗게 변해 버렸다. 하늘하늘 하얀 나비 떼 같은 눈발이 헤아릴 수 없이 떠다니는 희뿌연 시야 사이로 간간이 물체가 보인다. 나무마다 가지가 휘청거릴 정도로 눈이 쌓였고 오가는 사람들의 발길이 뚝 끊어진 적막한 겨울 풍경이다. 베란다 창가에 수시로 앉아 지저귀던 새들도 자취를 감췄다. 오늘같이 춥고 눈 오는 날은 어디서 배고픔을 달래고 고단한 날개를 쉬고 있는지 새들에게도 겨울은 힘든 계절이다.

조용하던 거실에 전화벨이 요란하게 울린다. 부산에 사는 큰딸이다. 손녀의 입시를 한바탕 치르고 나니 새삼 지난날 저희들의 입시 때를 떠올리며 감사하다는 말을 전한다. 자식이 부모 노릇을 해보지도 않고 어떻게 부모의 마음을 온전히 알 수 있었겠는가. 지금이라도 감사를 표시하니 고마울 따름이다.

서서히 눈이 그치려는지 시야가 조금씩 밝아진다. 문득 얼마 전 서설(瑞雪) 속에 가신 전직 대통령이 생각난다. 한평생을 오로지 민주화에 헌신한 발자취를 기리며 온 국민이 애도를 표했다. 세상에 태어난 모든 자연은 자기의 의무를 다하는 날 어김없이 본향으로 돌아간다. 새삼 예외가 없는 엄숙한 질서에 저절로 마음이 숙연해진다. 눈 감으면 아련히 떠오른다. 아지랑이 속에 새싹이 올라오는 봄, 태양의 열기로 무성한 여름, 서늘한 바람 속에 붉게 익어 가는 가을, 이별의 아픔을 딛고 지나간 시간을 돌아보며 새 삶을 준비하는 겨울 길목은 깊은 침묵에 잠긴다.

겨울 채비

가을 늦도록 홀로 담장을 환하게 밝히던 칸나 꽃도 이제 무참히 지고 말았다. 매서운 바람에 이리저리 흩날리는 나뭇잎이 애처롭다. 온 여름 무성한 잎들로 시원한 그늘을 선사하고 가을이 되어 또 한 번 단풍으로 거듭 사명을 다한 뒤 지금은 지천으로 뒹구는 낙엽이 되었다. 해마다 바라보는 풍경이지만 올해는 느낌이 새롭다. 밭에 있는 김장 배추와 무를 뽑았다. 봄부터 가을까지 싱싱한 채소를 제공하던 채전菜田과 정원수가 혹독한 겨울을 잘 견딜 수 있게 구석구석 온종일 단속해 두었다.

황량한 빈 밭을 돌아보며 다가올 파릇한 봄을 성급하게 그려본다. 젊은 날 앞뒤 돌아볼 겨를도 없이 열심히 주어진 일로 허우적거리다 어느 날 코앞에 닥친 노년 같은 쓸쓸함이다. 지금 돌이켜보면 순간의 기쁨과 순간의 위안을 위해 우리들은 얼마나 많은 날들을 쉼 없이 달려왔는가? 구순을 바라보는 친정 부모님이 계신다. 교육자로 사시며 육 남매를 가르치고 키우시느라 참 많은 노력과 절제와 인내를 지켜보았다. 자식들이 우여곡절 끝에 독립된 생활을 하게 될 때 부모님은 이미 육체적, 정신적으로 많이 쇠잔해 버린다. 늘 안타까운 마음으로 지켜보며 어떻게 살아야 사람들도 겨울 채비를 잘 할 수 있는지 깊이 고민해 보았다.

며칠 전 신문에 고故 함병춘 교수의 기독교의 개인주의적 세계관과 유교의 인륜적인 세계관의 차이점을 분석한 논문이 게재되었다. 내용 중에 왜 한국의 교육열이 높은지를 밝혔다. 절대자인 신이 없는 유교 문화에서 절대자의 자리를 자식이 차지한다는 것이다. 함 교수는 유교적 맥락에서 '나'의 존재를 영원으로 이어주는 방법은 '인간관계'라고 봤다. 기사를 읽으며 가슴에 닿는 부분이 많았다. 예전이나 지금이나 우리나라는 부모의 첫째 임무가 능력이 있든 없든 자식 공부시키는 것이다. 자식이 공부에 자질이 있는지 다른 부분에 남다른 소질이 있는지 깊이 관찰하기보다 부모의 욕심으로 공부를 시키고 싶어 한다. 무엇보다 자식이 공부를 많이 해야 부모의 노후를 든든하게 받쳐주고 한 집안을 지탱하는 길이라고 믿고 있기 때문이다.

유교적인 전통 사상의 교육열로 우리나라가 짧은 기간에 놀랍게 발전한 것은 사실이다. 그 덕분에 우리나라도 이제 선진국의 문턱에 도달하였다. 요즘 세대들은 모든 면에서 유교적인 전통 사상에서 많이 벗어나고 있다. 자식들은 이미 개인적인 사고를 받아들여 통계적으로 부모의 노후를 돌볼 의사가 점점 희박해져 가고 있다. 부모들만 아직도 자식에 대한 교육열과 온갖 뒷바라지에 정성을 쏟으며 여러 가지 부작용을 낳고 있다. 무분별한 부모들의 헌신으로 자식들은 늦도록 독립하지 못하고 사회의 낙오자 또는 일명 캥거루족으로 부모에게 얹혀사는 딱한 처지가 된다.

부모들 또한 진정한 노후가 준비되지 않은 채 춥고 쓸쓸한 노년을 걱정하는 경우를 심심찮게 보고 있다.

우리나라도 이제는 어쩔 수 없이 기독교 사상이 많이 뿌리내리고 있다. 자식은 절대로 부모의 소유물이 아니며 이 세상에 살아가는 동안 잠시 맡겨진 하나의 독립된 인격체임을 인식해야 한다. 자식을 부모의 체면과 욕심대로 키우려는 생각은 전근대적인 사고방식이다. 부모들은 자식이 어떤 일에 소질과 관심이 있는지 진지하게 살펴보되 자식의 의견을 중시해야 한다. 자식이 원하면 꼭 공부가 아니어도 하고 싶은 일을 보람을 느끼며 할 수 있도록 응원하는 열린 마음을 가져야 한다.

백세시대를 바라보는 시점의 노후는 결코 만만하지 않다. 사회적으로도 개인을 평가하는 시선이 변해야 한다. 한 개인의 됨됨이나 능력보다 혈연이나 학연, 지연을 중시하는 사고로는 건전한 사회를 구축할 수 없다. 누구나 공부로만 평가되는 사회제도만 바뀌어도 과도한 교육비로 인한 부모들의 노후 걱정이 훨씬 개선될 수 있다. 남과 비교하지 않고 자식들이 가진 능력을 발휘하여 자립할 수 있도록 지켜보는 인내심도 필요하다. 부모도 노력한 만큼 노후를 누려야 한다는 자식들의 배려가 이어진다면 좀 더 사람들의 겨울 채비가 따뜻하게 되지 않을까 생각해 본다.

12월의 일기

밤사이 또 눈이 왔나 보다. 산수유의 빨갛고 작은 열매에
도 하얀 눈이 앙증맞게 얹혀있다. 올해의 12월은 유독 추운 날이 길고
눈이 자주 오고 있다. 겨울은 점점 깊어가고 이 해도 얼마 남지 않았다.
어느 해보다 많은 어려움과 슬픔이 교차한 한 해를 돌이켜 본다. 아쉬움
과 뉘우침, 보람과 희망이 뒤섞인 나날이다. 나이를 더할수록 시간은 더
욱더 빨리 지나감을 피부로 느낀다. 시간의 의미를 안다는 것은 인생의
의미를 안다는 말이 새삼스럽게 섬광처럼 다가온다.

이른 봄 늘 꿈꾸던 글공부에 입문하는 기쁨을 맛보았다. 설렘도 있었
지만 부담감도 만만치 않았다. 오래 묵혀둔 감성의 불씨를 살려내느라
고심했던 나날이 떠오른다. 글을 쓸수록 부족한 자신을 바라보며 밤늦
도록 지우고 또 써보며 적절한 표현을 찾아 낱말의 바다를 헤엄쳤다. 평
소에 모든 사물과 일상을 그냥 지나치지 않고 남다른 시선으로 바라보

는 훈련도 시도해 보았다. 떠오르는 생각들을 그때그때 기록하는 습관을 가지도록 노력했다. 꾸준히 책을 읽는 생활도 게을리하지 않았다. 세상에 완벽한 글은 없다는 말에 위로를 받으며 부끄러운 글을 교수님께 제출했다. 한 편 한 편 분신 같은 글들이 쌓여갔다. 그 흐뭇한 즐거움이 아직도 많이 모자라는 나를 지탱해 주고 있는지도 모른다. 언젠가 진솔하고 울림이 있는 글을 쓸 수 있기를 끊임없이 꿈꾸고 싶다.

연녹색 여린 잎들의 색깔이 나날이 짙어지는 4월, 세월호 사건이 일어났다. 온 나라가 하루아침에 모두 슬픔에 잠겼다. TV에서 여객선이 기울어지는 장면을 실시간으로 지켜보는 국민들은 발을 구르며 안타까워했다. 사고는 속수무책으로 수백 명의 인명을 바다에 침몰시키고 말았다. 날마다 바다를 바라보며 초조한 마음으로 꽃 같은 아이들의 구조 소식만 애타게 기다렸다. 종교의 탈을 쓰고 사리사욕만 앞세운 기업가의 끝없는 비리에 온 국민은 경악을 금치 못했다. 백 년을 살기도 쉽지 않은 삶에 그토록 끝없는 욕심이 왜 생기는지 사람임이 부끄러울 따름이다. 구조에 앞장서야 될 선장은 제일 먼저 탈출했다. 잘못을 뉘우치고 사죄를 해야 될 선주는 자기만 살겠다고 도망 다니다 어느 날 변사체로 발견된 비극 앞에 망연자실하였다. 한동안 도무지 글쓰기를 할 수가 없었다. 어른들의 무책임한 행태에 어떤 말도 사치이며 변명 같아 더 할 말이 없었다.

찬란한 태양 아래 어김없이 8월은 돌아왔다. 손꼽아 기다리던 프란치스코 교황님이 한국을 방문하셨다. 교황님께서 즉위하신 지 1년 된 시기에 아시아 대륙의 수많은 지역교회가 있음에도 한국 교회를 제일 먼저 방문하셨다. 한국 교회가 걸어온 남다른 고난의 역사와 오늘의 한국이 세계적 분쟁과 갈등의 중심에서 많은 어려움을 겪고 있기 때문이다. 또한 급격한 산업화와 민주화를 서둘러온 한국이 성장과 발전으로 빚어낸 양극화의 극심한 갈등을 위로하고 싶어 오셨을 것이다.

교황님은 예수님의 대리자로 항상 가난하고 소외된 사람, 고통받는 사람에게 먼저 다가가시는 선한 목자이시다. 5일 동안 가시는 곳마다 따뜻한 마음과 인자한 눈빛으로 그들을 어루만지는 교황님께 우리는 결코 버림받지 않았다는 희망을 보았다. 깊은 상처가 치유되는 순간 신자와 비신자를 가리지 않고 소리 높여 "비바 파파"를 외치며 환호하였다.

연일 수은주가 영하 10도 안팎을 오르내리는 12월이다. 아기 예수님을 기다리는 대림초에 마지막 불이 켜졌다. 새롭게 오실 예수님께 정의와 원칙이 존중되는 평화로운 사회가 되도록 기도드린다. 며칠 후면 살아오면서 가장 나 자신의 내실을 위해 나름대로 애써왔던 60대가 막을 내린다. 공자는 칠십에는 마음이 하고자 하는 대로 따라도 법도를 넘지 않았다고 한다. 즉 사람됨이 완성되는 나이라고 한다. 아직도 여러 가지로 한참 부족한 나를 들여다본다. 삶이 다하는 날까지 자신과 싸우며 도달해야 할 과제다. 이제는 지난날을 되짚어 보고 다시 오지 못할 소중한 날들을 잘 마무리해야 할 시간이다. 매서운 추위에도 앙상한 가지로 꿋꿋하게 버티며 봄을 준비하는 나무들을 본다. 새해에는 모자라고 힘든 과정에도 나무들처럼 희망찬 일기를 쓰고 싶다.

크리스마스 선물

    2015년은 화이트 크리스마스가 아니었다. 행운의 큰 보름달이 두둥실 떠올라 온 세상을 대낮처럼 환하게 축복해 주었다. 19년 주기로 돌아오는 일생에 몇 번밖에 볼 수 없는 귀한 선물이다. 같은 날 지구 곳곳에는 엘니뇨 현상으로 기상 이변이 일어났다. 미국 중남부에는 토네이도로 쑥대밭이 되어 사망자와 많은 이재민이 속출했다. 남미에는 폭우로 최악의 물난리를 겪었다. 유럽 곳곳에서 반소매 셔츠와 반바지를 입고 산타 모자를 쓰고 성탄절을 보내는 웃지 못할 모습이 뉴스에 나왔다. 날이 갈수록 산타 할아버지가 썰매에 선물을 가득 싣고 하얀 눈길을 달려오던 성탄절 풍경은 바뀌고 있다.

    어릴 적부터 성당을 다니던 우리 집은 성탄절이 가장 손꼽아 기다리던 명절이었다. 성당에 아기 예수 구유가 차려지고 라디오에서 크리스마스 캐럴이 흘러나오면 그때부터 왠지 모를 기쁨에 마음이 한껏 들떠 있었다. 산타 할아버지께 받을 선물이 무엇일까 상상하며 잠을 이루지 못했다. 코끝이 얼얼한 맹추위에도 성당 행사는 한 번도 빠지지 않고 참석하며 새롭게 오실 아기 예수를 맞이할 준비에 바빴다. 어느 해 때마침 흰 눈이 펄펄 내리는 성탄절이었다. 자정 미사를 마치고 김이 모락모락 피어오르는 떡국을 후후 불어가며 모두 함께 나누어 먹었다. 정답던 시골 성당의 성탄절 추억은 지금도 잊혀지지 않는다. 자고 나면 머리맡에 놓여 있는 선물 꾸러미는 거의가 양말 아니면 장갑이었다. 가난하고 힘든 시절 여러 남매가 골고루 기쁨을 나누기에 가장 적합하고 소중한 선물이었으리라 생각된다.

올해 우리나라는 어려운 경제와 어수선한 정치로 우울한 성탄절이 될 것 같은 예감이다. 문득 초등학교 4학년인 손녀에게 내 손으로 만든 경제적이고도 하나뿐인 깜짝 선물이 하고 싶었다. 이웃 형님과 시간을 맞춰 털실 가게에 갔다. 요즘은 예전보다 훨씬 수월하게 뜰 수 있는 색상의 실들이 다양하게 나와 있었다. 진홍색 실로 요사이 유행하는 루피 망고 모자를 뜨기로 했다. 처음에는 유난히 굵은 실과 굵은 바늘로 뜨기가 어색하고 무척 힘이 들었다. 몇 번씩 씨름을 하며 뜨다보니 금방 부피가 불어나고 익숙해졌다. 스피드 시대에 따라 쉽고 빠르게 만들 수 있는 털실과 바늘도 개발이 되었다. 몇십 년 만에 손녀를 위해 뜨개질하는 재미에 푹 빠졌다. 모르는 사람들끼리 가게에 둘러앉아 각자 필요한 뜨개질을 하며 오가는 대화에 귀를 기울이면 살아가는 유익한 정보도 많왔다. 오랜만에 느껴보는 새롭고 신선한 경험이었다.

성탄절 선물을 하겠다는 생각으로 이틀을 짬짬이 기쁜 마음으로 시간을 할애했다. 드디어 손녀의 루피 망고 모자와 빨간 바탕에 하얀 눈송이가 박힌 워머를 마무리했다. 성탄절 아침이 다가왔다. 정성껏 포장해 놓고 아이들을 점심 식사에 초대했다. 생각지도 못한 선물을 받고 손녀는 어리둥절하며 무척 좋아했다.

하얀 얼굴에 진홍색 모자와 워머가 꽃처럼 예쁘게 잘 어울렸다. 할머니를 생각하며 올겨울을 따뜻하게 보낼 수 있기를 바라는 마음이다. 해마다 백화점에 진열된 선물을 사서 전할 때보다 한결 정성이 담긴 뿌듯한 크리스마스 선물이었다.

음력설 연휴

마음이 다급해진다. 그동안 미루어 놓았던 잡다한 일들을 하나씩 차분히 정리해본다. 평소에 손이 잘 닿지 않은 집안의 구석진 곳부터 하나씩 쓸고 닦는다. 매년 하고 있는 일이지만 올해는 유난히 힘이 들고 일이 속도가 나지 않는다. 해마다 이맘때면 최선을 다하지 못한 후회와 아쉬움이 밀려온다. 새해에는 마음을 비우고 실천할 수 있는 최소한의 계획을 세워본다.

벌써 실시간으로 TV에서 귀성 인파와 귀경 인파를 보고하고 있다. 도로 사정과 기상예보까지 친절하게 안내한다. 우리나라 특유의 명절 풍습이다. 일 년에 두 번 추석과 음력설에 우리 민족 대이동이 일어나는 진풍경이다. 조상으로부터 물려받은 고유의 명절을 지키기 위하여 고속도로에 꼬리를 물고 차량들이 몇 시간씩 늘어서 있다. 그 광경을 답답한 마음으로 볼 때마다 대안이 없을까 궁리해 본다. 효를 중시하는 우리 조상들의 지혜를 평소 생활 속에서 실천하는 습관을 권장해본다. 시대적으로 맞지 않는 관습은 근본적인 사상이 흐트러지지 않는 범위에서 과감하게 개선할 필요가 있다고 생각한다. 도로가 마비되고 모든 일상이 정지된 명절 연휴 동안 일어나는 여러 가지 부작용도 고려해 볼 일이다.

우리 민족은 땅덩이가 좁은 탓인지 예로부터 유난히 남의 눈을 많이 의식하고 살아온 경향이 있다. 명절에도 다른 사람들이 다 가니까 어떤 일이 있어도 꼭 가야 한다는 생각이다. 좀 더 합리적으로 각자의 형편에 따라 남을 의식하지 않고 융통성 있게 변화될 날이 왔으면 좋겠다. 떠들썩한 설 연휴 동안 오갈 곳이 없는 외로운 이웃을 한 번쯤 따뜻한 마음으로 찾아보면 어떨까. 병상에서 외롭게 투병하고 있는 사람들도 생각해 보자. 경제적인 어려움에 가족에게 선뜻 다가가지 못하는 마음들도 살펴보자. 내 핏줄 내 가족만 생각하는 근시적인 마음보다 더불어 사는 세상을 위해 다 함께 노력하는 성숙한 사회가 되었으면 좋겠다.

명절 연휴에는 모처럼 온 가족이 모인다. 많은 가족을 한꺼번에 맞이할 준비가 청소부터 이부자리와 음식에 이르기까지 결코 간단한 문제가 아니다. 며칠을 두고 준비를 해야 한다. 오는 사람은 몇 시간씩 교통 체증에 시달리며 낯선 곳에서 적응하기가 쉽지 않다. 각자가 처해있는 사정도 다르다. 오래간만에 만나 관심을 가지고 하는 인사가 상대방에게 혹시 상처가 될 수도 있다. 만나 부담 없이 같이 즐기는 것이 아니라 집안의 여자들만 처음부터 마지막까지 가사 노동에 시달리다 보니 명절

증후군이라는 말도 생겼다. 명절이 지나고 나면 쓰나미가 휩쓸고 간 것 같은 허탈한 후유증에 쉽게 일상에 적응하기도 어렵다.

유난히 정이 많은 우리네 정서가 이어져 오는 설 명절이다. 농경시대에 우리 조상들이 한 해를 계획하고 실천하는 절기의 풍습이다. 지금은 하루가 다르게 변하는 정보화 시대다. 조상들로부터 내려오는 아름다운 삶의 근원을 미래의 세대들이 포기하지 않고 이어갈 수 있도록 해야 한다.

앞으로는 핵가족과 맞벌이 가족이 대부분이다. 다음 세대들이 기꺼이 감당할 수 있도록 지금 세대들이 시대에 걸맞게 명절 풍습을 조금씩 변화시키는 시도가 꼭 필요한 때라고 생각한다.

어김없이 오월의 햇살은 눈부시다. 을씨년스럽기만 한 내 마음에 유난히
멈칫거리며 더디게 다가온 야속한 오월이다. 할 말을 잃고 모든 사물에 무심해지
려고 무던히도 애를 써보지만 생각만큼 마음이 잘 따라주지 않는다.

－「어버이날」 부분

- 4 -

노을빛 만남

강가, 최길성作, 2010년

노을빛 만남

카톡이 왔다. 졸업 후 광주에서 오랫동안 교직에 몸담고 있다 얼마 전 퇴직한 친구다. 며칠 후 서울에 온다는 소식과 함께 시간이 되면 만날 수 있는 날짜를 알려줬다. 서울서 한 달에 한 번씩 정기적으로 만날 수 있는 친구가 아니기에 서둘러 약속을 잡는다. 남편과 아이들의 뒷바라지로 허둥대던 젊은 날에는 솔직히 갑작스러운 친구들과의 만남이 번거롭게 여겨지기도 했었다. 날이 갈수록 머리가 희끗희끗하고 고운 주름이 잡혀가는 친구들에게서 내 모습을 본다. 서서히 저물어가는 노을빛을 보듯 애틋한 마음으로 친구와의 만남을 손꼽아 기다린다.

친구는 한 동네에서 3년을 함께 학교를 다닌 삼총사 중에 한 사람이다. 푸른 꿈을 안고 시작한 대학 생활은 기대한 만큼 낭만과 학문을 공유하기가 쉽지 않았다. 남녀 공학이라는 분위기에 익숙해지기도 만만치 않아 늘 떠돌이 같은 외로움을 느낄 때였다. 2학년 초, 우연히 집으로 오는 버스에서 친구 두 명이 우리 동네로 이사 온 것을 알게 되었다. 버스 종점을 중심으로 삼각형으로 서로의 집이 위치하고 있었다. 친구들은 지방에 부모님이 계셔서 자취를 했었고, 나 역시 외삼촌 댁에서 공부하던 지방 출신이었다. 아직도 낯설기만 하던 서울 생활에 서로는 큰 힘이 되었다. 잠자는 시간을 빼고는 거의 함께하며 차츰 대학 생활에 적응해갔다. 각자 개성이 뚜렷하면서도 서로를 배려하며 나날이 돈독한 우정을 쌓아갔다. 어려운 여건 속에도 셋이 뭉치면 별로 두렵거나 아쉬울 것이 없었다. 우리는 많은 보람과 추억을 간직한 채 무난히 졸업을 하게 되었다.

졸업 후 직장 관계로 각자 흩어졌다. 하루도 안 보면 못살 것 같던 친구들이 어쩔 수 없이 세상살이에 길들여져 갔다. 결혼 후 한 친구만 계속 광주에 뿌리를 내리고, 남은 둘은 서울에 머물며 각자 다양한 색깔의 노을로 점차 물들어 가고 있었다. 몇 년 전부터 한 친구가 허리 수술 후유증으로 동창 모임에 나오질 않고 있었다. 노을로 가는 과정의 여러 가지 증상들이 하나둘씩 우리들을 위협하고 있었다. 걱정이 되어 전화로 안부를 물으면 방문을 반기지 않는 눈치였다. 나오기만을 애타게 기다리다 이번에 광주에서 친구가 올라온 김에 전격적으로 방문을 했다. 친구는 집 안에서도 보조 장치에 의존해서 걷고 있었다. 어렴풋이 짐작은 하고 있었지만 막상 그 모습을 보는 순간 가슴이 먹먹했다. 어떻게 위로해야 될지 한동안 말을 잃고 눈시울만 붉어졌다.

친구는 우리 삼총사 중 가장 경제적으로 넉넉하였다. 자취를 하면서도 심부름하는 어린 도우미까지 어머니가 보내 주셨다. 순수한 마음씨에 음식 솜씨도 좋아 친구의 자취방은 늘 우리들의 아지트였다. 때로는 밤새워 시험공부도 하고, 한 학기가 끝나면 모여서 조촐하게 쫑파티도 하며, 학교에서 미처 나누지 못한 대화가 그곳에서 모두 이루어졌다.

버스 종점에 가장 가까이 살고 있어 오고 가며 들리는 간이역 역할도 했다. 지금 생각하면 매일 보면서도 무슨 할 이야기가 그렇게 많았는지 다 기억할 수가 없다. 다만 넉넉지 못한 학생 신분으로 마땅히 갈 곳이 없던 우리에게 그의 자취방은 오아시스 같은 위로였다.

광주에 있던 친구는 우리 삼총사 중 가장 성격이 활달하고 진취적이었다. 학교생활에도 여러 사람들과의 폭넓은 친교로 우리들의 소식통 역할을 톡톡히 했다. 남다른 감성을 지녔으면서도 생활력도 강한 편이었다. 여러 방면으로 진지한 대화를 할 수 있는 속 깊은 친구다. 가끔 똑같이 융통성 없는 우리들의 일상에 광주 친구가 가까이 있었다면, 좀 더 활력 있는 모임이 되지 않았을까 하는 아쉬움을 털어놓는다. 친구는 그동안 만남이 적조한 탓에 아직도 우리들의 학창시절 이야기를 고스란히 간직하고 있다. 까맣게 잊고 살았던 우리들의 치기 어린 이야기로 만나면 한바탕씩 웃음거리를 제공한다. 돌이켜 보면 60년대 중반 우리들의 우정은 가난하지만 끈끈한 정情으로 똘똘 뭉쳐 있었던 것 같다.

오래간만에 찾아간 친구는 풋풋한 사랑으로 한 가정을 이루고 누구보다 성실하게 살아왔다. 그동안 두 번의 병마도 거뜬히 이기고 씩씩하게 생활하던 친구다. 마음대로 걸을 수 없는 또 한 번의 아픔을, 전처럼 용감하게 이겨낼 수 있기를 간절히 기도한다. 우리는 서로를 한없이 연민하며 따뜻한 눈으로 바라본다. 다음 만남은 친구도 함께 분위기 있는 찻집에서 예전처럼 만날 수 있기를 기대해 본다. 지나간 시간들의 기쁨과 아픈 삶의 흔적들을 모두 묻고 은은하게 물들어가는 노을빛처럼 우리들의 만남도 사위어 가는 그날까지 아름답게 이어가리라.

백발의 남도 여행

강산이 자그마치 네 번 변하고도 7년이란 시간이 흘렀다. 생각하면 가물거리는 수평선을 바라보듯 아득한 날들이다. 저마다 꿈을 안고 어렵고 힘든 시대를 인내하며 한 교정에서 4년간 함께 공부하던 동창들이다. 졸업 후 각자의 위치에서 바쁘게 살아가느라 서로 만날 수도 없었다. 중년에 언뜻 자리를 마련하여 몇 사람이 서로의 안부를 확인한 후 가뭇없이 시간은 또 지나가 버렸다. 지난해부터 한 친구의 적극적인 주선으로 백발이 된 몇 명 남녀 동창들이 만남을 시작했다.

광주에서 오랫동안 교편생활을 하다 퇴직한 동창 친구가 있다. 봄이 되자 남도의 아름다운 봄소식을 카톡에 올리며 한 번 내려오기를 소망했다. 오월 마지막 주 금요일 각자 가까운 터미널에서 출발하여 오전 11시 30분까지 광주 터미널에서 만나기로 했다. 분당 야탑터미널에서 8시에서 출발하는 광주고속을 탔다. 가는 도중 카톡으로 서로 어디쯤 가고 있는지 확인하느라 "까똑까똑" 소리가 연신 울렸다. 백발이 되어도 친구들을 만난다는 기대는 젊은 사람들 못지않게 설레는 모양이다. 같이 모여서 떠나는 것보다 도착지에서 만남은 또 다른 여행의 새로운 맛을 느끼게 한다. 약속시간이 되자 머리가 희끗희끗한 친구들이 편한 복장을 하고 하나둘 터미널에 반가운 모습으로 나타났다.

두 대의 차에 나누어 타고 광주의 친구가 구상한 여행 코스를 따라 맨 먼저 화순 운주사에 들렀다. 잔잔한 시골 평범한 산자락 가운데 여느 사찰과 달리 천왕문과 사천왕상도 없는 한눈에 보아도 신비한 느낌을 풍기는 절이다. 고려 중기에 조성되었다는 운주사는 동국여지승람에 절 좌우 산등성이에 1,000개의 석불과 1,000개의 석탑이 있다고 기록되어있다. 대웅전을 가는 양옆으로 지금은 석탑 12기와 석불 70기가 계곡과 산자락 여기저기 각기 다른 개성을 가지고 사람들의 눈길을 끌고 있다. 산 정상에 있는 와불은 길이 12m, 너비 10m의 바위에 부부가 나란히 누워 있는 모습의 조각이다. 이 불상을 일으켜 세우면 세상이 바뀌고 1,000년 동안 태평성대가 계속된다는 민초들의 소원이 담긴 운주사의 대표적인 불상이다. 평일이라 조용한 절간 안채 담벼락에 꽃 양귀비들이 비구니 스님들의 절개인 양 유난히 붉게 피어 있었다.

숙소로 가는 길에 조광조의 제자 양산보가 기묘사화로 낙향하여 10년 동안 가꿨다는 대표적 민간 정원인 담양 소세원을 둘러보았다. 예전에도 몇 번 온 적이 있어 낯설지가 않고 반가웠다. 여전히 자연과 잘 어우러진 광풍각 정자에 걸터앉아 조선 중기 선비의 고고한 품성과 절의에 대해 생각해 본다. 젊은 나이에 역사의 소용돌이를 피해 자연을 가까이하며 미래를 준비한 놀라운 지조다. 주위가 아름다운 정자를 가꾸고 개방하여 호남의 많은 학자들이 학문을 토론하고, 창작 활동을 할 수 있는 산실을 제공한 선비 정신이 돋보인다.

일찍이 관직의 무상함을 깨닫고 출세의 욕심을 버리고 청렴하게 살다 간 선비의 삶에 절로 고개가 숙여진다. 그때나 지금이나 정치는 언제 어느 때 태풍으로 변할지도 모르는 바람 같은 존재가 아닐까 생각해 본다.

하루해가 뉘엿뉘엿 기우는 낯선 고장, 창평. 오늘 하루 묵을 숙소로 가는 길이다. 인적이 드문 고즈넉한 한옥 동네에 돌담을 끼고 소리 없이 맑은 실개천이 흘러가고 있다. 구불구불한 고샅길은 마치 어린 시절 외가를 찾아가는 듯한 느낌에 마음이 한없이 따뜻해진다. 예약한 고경명 후손이 살고 있는 고택에 들어서는 순간 친근한 한옥 구조가 눈에 들어왔다. 사랑채에 계시는 할아버지께서 헛기침을 하시며 금방이라도 나오실 것 같은 착각이 들었다. 한참을 멍하니 서 있는 사이 담장에 넝쿨진 하얀 인동초 꽃향기가 은은히 바람결에 퍼진다. 각박한 도시에서 잊고 살았던 옛것의 향수가 가슴 뭉클하게 다가온다.

숙소에 짐을 놓고 창평에서 가장 오래되고 맛있다는 장터 돼지국밥집을 찾아갔다. 좁은 시장 골목 소박한 식당에서 국밥과 돼지고기 수육을 곁들여 늦은 저녁 식사를 했다. 구수한 사투리와 푸근한 시골 인심에 백발의 친구들이 한껏 너스레를 풀어 놓았다. 밤이 이슥한 시골길을 친구들과 함께할 수 있는 여유로움과 편안함에 처음으로 나이가 들어감이 꼭 나쁜 것만 아니라는 생각을 해보았다. 4학년 때 졸업 여행을 가 본 후 처음으로 함께 온 여행이다. 소설가, 시인, 수필가, 경영인, 전직 교수, 교사 등이 숙소에서 청문회처럼 사회자가 한 사람씩 질문을 하고 소신껏 대답하는 시간을 가졌다. 살아온 이야기, 가장 기억에 남는 여행지, 학문에 대한 이야기, 글쓰기의 어려움과 유형에 대한 이야기 등이다. 흉허물 없이 나누는 진솔한 대화에 모두 밤이 깊어 가는 줄을 몰랐다.

돌아오는 날은 푸른 오월의 섬진강 줄기를 돌아 구례 '사성암' 가파른 길을 버스를 타고 올라갔다. 굽이굽이 올라가는 길 숲에 산딸나무 꽃이 마치 눈송이를 맞은 듯 하얗게 피어있다. 백제 성왕(22년)에 연기조사가 세웠다는 사성암은 해발 500m의 오산에 있는 암자다. 네 명(원효, 의상, 도선, 진각)의 고승들이 수도했다 하여 '사성암'이라는 이름이 붙여졌다는 기록이 있다. 가파른 절벽 위에 자리 잡은 암자는 섬진강 너머로 구례 시가지와 지리산 자락이 한눈에 들어오는 빼어난 경치다. 한곳이라도 더 보여주고 싶어 하는 광주 친구의 성의에 모두 1박 2일을 숨 가쁘게 소화하는 저력을 보였다.

올 때처럼 각자 종착지의 차 시간표에 따라 출발했다. 긴장이 풀렸는지 서서히 피곤이 몰려온다. 3시간 30분가량 오는 동안 잠시 나이를 잊고 이야기꽃을 피우던 장면들이 하나씩 떠오른다. 이십 대에 만난 동창들의 뇌리엔 아직도 그때의 모습이 서로에게 각인된 모양이다. 비록 겉

모습은 백발로 변했지만 마음만은 모두 학창 시절로 되돌아간 듯 신선한 남도 여행이었다. 다녀온 며칠 후 시인 친구가 카톡을 보냈다.

'창평 장터에서 오랜만에/ 머리 희끗희끗한 동창들/ 국밥 먹는다/ 첫 순갈에/ 울타리 싸리 꽃 같은 미소 지으며/ 고향 마당가 가마솥 아궁이/ 생솔가지 타는 향/ 그리운 사람 그리운/ 그리움 맛이다'

벌써 그리움이 된 백발의 우정 어린 시는 몇 번이고 다시 읽어 보고 싶은 애틋한 친구의 마음이다.

아낌없이 주는 나무

아침 8시에 짐 나르는 트럭이 온다고 했다. 간밤에는 이런저런 생각들로 좀처럼 잠이 오지 않았다. 새벽에야 잠깐 눈을 붙이다 깜짝 놀라 서둘러 아파트 현관문을 나섰다. 확 부딪히는 찬 기운이 몸을 움츠리게 했다. 가을 추위라는 말이 꽤 낯설다. 며칠째 아침저녁으로 바람까지 세차게 불어 체감 온도는 초겨울이다. 다시 안으로 들어와 철 이른 스웨터를 꺼내 입고 일층으로 내려갔다. 아낌없이 주고 떠나는 할머니를 배웅하기 위해서다. 보내기 싫은 우리들의 마음을 아는지 바람 속에 아직도 빈 트럭만 덩그러니 서 있다.

오늘은 11층 5호 할머니가 미리내에 있는 실버타운에 들어가시는 날이다. 십여 년 전 밤사이 첫눈이 하얗게 내린 겨울이었다. 할머니가 처음으로 성당 반 모임에 참석했던 기억이 떠오른다. 우리 아파트에 입주하신 얼마 후부터 할아버지가 편찮으셨다. 환자가 있는 집이라고 느껴지지 않을 만큼 늘 깨끗한 환경에서, 몇 년간 극진히 할아버지를 간호하다 하늘나라로 보내신 후였다. 할머니를 생각하며 호박죽을 점심 식사로 정성껏 끓였다. 맛있게 드시고 반원들과도 얼굴을 익혔다. 새롭게 시작하는 종교 생활도 무리 없이 잘 받아들이셨다. 매해 연말마다 반 모임 개근상을 젊은 사람들을 다 제치고 받을 정도로 모범이셨다. 할머니 댁에서 반 모임이 있는 날은 모든 반원들이 옛날 어머니의 손맛을 제대로 느끼며 좋아했다.

할머니는 혼자 사시는 외로움을 신앙생활과 이웃 사랑으로 옮겨 바쁘고 씩씩하게 지내셨다. "옛 속담에 멀리 있는 친척보다 이웃사촌이 낫다"는 말이 피부로 와닿게 실천하셨다. 가까이 살면서 자주 만나고 정을 나누며 서로 의지하다 보면, 혈연이라는 기득권이 없이 진정한 인간관계로 맺어지는 순수한 이웃사촌이 된다. 요즘은 TV 연속극에도 심심찮게 혈연관계가 아닌 남남이 가족의 구성원이 되어, 서로 돕고 배려하며 무리 없이 살아가는 내용이 나오고 있다. 오히려 가족 간의 무례한 이기심이 심한 갈등으로 번지는 볼썽사나운 불행을 자주 보게 된다. 할머니는 요사이 다리가 불편하시다. 아랑곳하지 않고 집과 노인정을 부지런히 오가며 주위 사람들을 보살피신다. 딸이 없는 할머니께 우리는 딸처럼 할머니의 건강에 무리가 갈까 염려하고, 할머니는 우리들을 친딸처럼 아끼시는 혈육 같은 정을 오랜 시간 쌓아왔다.

할머니는 교육자의 아내로 사 형제를 기르고 가르치느라 하숙생까지 감당하며 가족들의 뒷바라지를 하셨다고 한다. 지금도 얼마 되지 않는 연금으로 본인을 위해서는 색다른 옷 한 벌 사지 않고 자식들과 이웃을 위해 무조건 내어 주신다. 자식 사랑은 과거보다 넘치는데 부모 사랑은 예전보다 못하다는 이야기가 할머니를 보면 실감이 난다. 부모에게 효도하기가 도를 닦는 만큼이나 어렵다는 말도 있다. 대부분의 자식들은 늙어 보지 못해 늙어가고 약해지는 부모를 쉽게 이해하지 못한다.

자식들이 이해하기를 바라기보다 할머니는 아낌없이 주는 나무가 되어 행복하게 살아가는 방법을 몸소 가르쳐 주셨다.

아파트 주위에 가을 단풍이 색색으로 꽃보다 더 곱게 물이 든 날이다. 할머니가 반모임에서 실버타운으로 가신다는 이야기를 조심스럽게 꺼내셨다. 그 소리를 듣는 순간부터 왠지 모를 서러움이 시시때때로 울컥거렸다. 몇 년 전 아드님의 사업 자금으로 아파트를 담보하여 은행에 대출을 받았는데, 빌린 돈을 갚지 못해 결국 아파트가 경매 처분이 되었다. 할머니는 현실을 담담히 받아들이며 아무도 원망하지 않으셨다. 평생 자식에게 손 벌리지 않고 살아온 일을 오히려 감사하다고 하셨다. 가시는 전날까지 이것저것 밑반찬을 만들어 우리들에게 나누어 주시고 기쁜 마음으로 떠나셨다. 헌신적이고 끊임없는 사랑은 미국의 아동작가 쉘 실버스타인의 '아낌없이 주는 나무' 한 그루를 보는 듯 슬프면서도 마음은 한없이 따뜻해졌다.

노년의 삶

　　매주 수요일은 늦은 나이에 시작한 수필과 시를 공부하러 몇 년째 다니고 있다. 아침 일찍 서둘러 가는 길은 늘 기대와 설렘으로 발걸음이 빨라진다. 10시 20분부터 수필 시간이 시작된다. 그날에 제시된 몇 편의 수필을 교수님과 함께 글의 구조와 내용을 분석하며 공부한다. 다음은 수강생들의 작품을 감상하는 시간이다. 저마다 진솔한 이야기로 진지한 분위기가 된다. 한 사람씩 발표되는 내용에 공감하며 때로는 울컥한 여운이 남기도 하고 아련한 행복에 젖기도 한다. 처음엔 자기 글을 발표 하는 것이 서로 어색하고 두렵기도 했다. 나이를 불문하고 어디까지나 배우는 자세로 자신을 낮추고 마음을 열면 날이 갈수록 조금씩 변화되는 모습을 발견하게 된다.

　　수필 공부가 끝나면 거의 12시가 가까워진다. 강의실 문을 나서면

영락없이 맛있는 음식 냄새가 솔솔 후각을 자극한다. 옆 교실에서 요리 강습이 한창이다. 지나가며 슬쩍 유리문으로 들여다보면 거의 삼사십 대 젊은 여성들 속에 머리가 희끗한 노신사 한 분이 계신다. 앞치마를 두르고 열심히 배우며 그들과 함께 맛있게 시식하는 모습이 눈에 띈다. 신기하면서도 멋있게 보여 매주 그냥 지나치지 못하고 그 광경을 찾아보게 된다. 마음속으로 '혹시 할머니가 계시지 않아 식사 해결을 위해 요리 교실에 오신 걸까?' 호기심이 발동하다 고개를 저었다. 여태껏 마나님께 맛있는 식사 대접을 받았으니 퇴직 후 가끔 마나님을 감격시키려고 요리를 배운다고 믿고 싶어졌다.

그날도 여느 때와 같이 수요일이라 부지런히 다음 강의실의 문을 밀고 들어갔다. 아직 아무도 오지 않은 조용한 강의실에 수업 준비로 마이크 작동을 시키고 수강생들이 마실 간단한 차를 준비하고 있었다. 어디선가 플루트의 아름다운 선율이 들려왔다. 소리를 따라 살금살금 주위를 둘러보았다. 발길이 멈춘 곳은 시를 공부하는 건너편 강의실이었다. 문이 반쯤 열린 강의실을 고개를 내밀어 보았다. 나이가 지긋한 남자분이 열심히 악보를 보며 드보르자크의 〈유모레스크〉를 연주하고 있었다. 상당한 수준의 연주는 참 듣기가 좋았다. 많은 나이에도 무언가 하고 싶은 일을 열심히 하고 있는 모습에 보는 사람도 행복해진다.

100세 시대라는 말이 이제 심심찮게 들린다. 신문 부고란을 봐도 구십을 넘기고 가시는 분이 예전보다 훨씬 자주 눈에 띈다. 오래 살 수 있다는 통계가 단지 축복일 수만은 없다. 생산적인 활동을 그만두고도 족히 몇십 년을 소일해야 될 숙제가 남아 있기 때문이다. 긴 노년은 우선 건강해야 한다. 부부 생활은 이인삼각 경기와 같아서 두 사람 중 한 사람만 건강이 좋지 않아도 다른 한 사람도 곧 치명적인 영향을 받게 된다. 서로가 배려하고 힘든 과정을 무엇이든지 나누려는 이해심을 가져야 한다. 최소한의 경제적인 뒷받침이 있어야 한다. 솔직한 대화로 한쪽으로만 치우치는 경제생활보다 부부가 적당하게 균형을 맞추는 지혜도 필요하다. 수명이 늘어난 만큼 부부의 관계도 예전보다 훨씬 오래도록 지속된다고 볼 수 있다. 노후에는 어쩔 수 없이 거의 한 공간에서 생활해야만 하는 시기가 된다. 많은 시간을 공유하려면 서로의 취미나 가치관을 수용하고 응원하는 노력도 중요하다.

얼마 전 신문에서 올해 96세가 된 철학자 김형석 교수와의 대담을 반갑게 읽었다. 60년대 중반 모두가 넉넉하지 못했던 대학 시절이 생각났다. 잔잔하고도 진솔한 그의 인생수필들을 밤새워 읽으며 많은 젊은 이들이 위로를 받고 삶의 지표로 삼았던 기억이 떠오른다. 김 교수의 대담 중에 노인들은 '하루는 길고 일 년은 빨리 간다.'는 말이 나왔다. 하루가 길다는 것은 할 일이 없다는 뜻이다. 김 교수는 96세의 나이가 믿기지 않을 만큼 아직도 정정하다. 지금도 방송에 출연하고 일주일에 한두 번 강연을 나가며 늘 글을 쓴다고 한다. 물질적인 풍요보다 마음에 드는 글을 끝내거나 시 한 편을 읽고 눈물을 흘릴 때가 가장 행복하다고 말한다. 만년 소년 같은 때 묻지 않은 감수성과 할 일이 있다는 것이 장수의 비결인지도 모른다. 죽음에 대한 생리적인 두려움의 극복은 '생명보다 더 귀한 것을 위해 살면 된다.'고 말한 대담을 읽고 다시 한번 노년의 삶을 되새겨 본다.

인간은 누구나 태어나서 성인이 되기까지는 부모님을 비롯해 여러 사람들의 헌신적인 도움으로 성장한다. 독립하고는 사회의 일원으로 열심히 자기 역할에 충실하려고 최선을 다한다. 중년에 들면 인간다운 삶을 지향하여 가족에 책임을 다하고 주위를 보살피느라 다람쥐가 쳇바퀴를 돌듯 정신없이 시간이 흘러가 버린다. 미처 마음의 준비도 없이 어느 순간 노년에 이르는 삶이 거짓말처럼 눈앞에 펼쳐진다.

누구나 인간이면 겪어야 할 피할 수 없는 엄숙한 길이다. 당황하고 지난날에 대한 아쉬움을 느끼기보다 노년기를 감사히 받아들이려고 노력해야 한다. 그동안 생활에 쫓기느라 하지 못했던 여행의 즐거움도 느껴보고 하고 싶었던 공부도 열심히 할 수 있는 좋은 기회다. 적당한 일거리를 찾아 부지런히 몸을 움직인다. 마음을 비우며 종교를 가지고 이웃에 봉사한다. 혼자서 시간을 보낼 수 있는 취미 생활을 가지는 것도 시간이 지날수록 고독하고 불편하게 될 노년의 삶을 지탱할 수 있는 힘이 될 수도 있지 않을까? '나이가 듦은 이루어지는 것이다.'라는 현자의 말이 가슴에 와닿는다.

일흔, 나들이

멀리 계시는 외할머니께서 보내신 서신을 어머니와 함께 반갑게 읽는다. 붓글씨로 서두는 거의 '세월은 유수와 같다' 아니면 '화살과 같다'는 말씀을 하셨다. 유년기에는 그 말씀이 도무지 이해가 되지 않았다. 내일은 언제나 장밋빛 나날일 것 같은 착각 속에 시간은 늘 더디게만 느껴졌었다. 그때 외할머니의 연세가 훌쩍 넘은 일흔에서야 비로소 가는 시간의 속절없음을 뼈저리게 느낀다.

새삼스럽게 칠십 년이라는 엄청난 시간들을 무엇을 하며 흘려보냈는지 부끄러움에 몸 둘 바를 모르겠다. 애써 무언가 붙잡아 보려고 몸부림치다 놓쳐버린 허전한 마음뿐이다. 나이가 든다는 것은 통찰과 혜안을 쌓는 과정이라고 한다. 그동안 무수한 시행착오를 겪으며 터득한 보잘것없는 경험이지만 필요한 이웃에게 나눌 수 있다면 조금이나마 위로가 될까? 모든 것에 기대치를 낮추고 조용히 아름답게 마무리 할 수 있었으면 좋겠다. 자꾸만 마음이 급해진다. 누구에게나 똑같이 주어진 365일이 왜 나이가 들수록 더 빠르게 느껴지는지 겪어보지 않으면 터득할 수 없는 오묘한 이치다.

칠순 기념으로 동갑내기들과 3박 4일 전북 고창으로 골프 투어를 가게 되었다. 출발 지점까지 무거운 짐을 남편들이 직접 운전을 하고 데려다주었다. 그중에 한 분이 우리들을 보고 "참 좋은 세상이 되었습니다." 라는 말을 했다. 예전에는 우리들이 얼마 동안이라도 집을 비울 수 있는 여건이 되지 않았다. 6, 70년대 우리나라 경제 성장의 일선에서 눈코 뜰 새 없이 바쁜 남편과 아이들 뒷바라지로 엄두도 못 낼 일이었다. 지금은 나이와 시대를 핑계로 흔쾌히 허락을 받았다. 모처럼 설레고 홀가분한 마음으로 버스를 타고 목적지를 향하여 출발했다. 문득 18세기 계몽 사상가 퐁트넬이 여든다섯에 한 '일생에서 가장 행복했던 시기가 쉰다섯부터 일흔다섯까지 20년이더라.'라는 말이 떠올랐다. 늙으면 더 이상 성공할 일이 없어 안도하고 사회와 가족이 지웠던 책임과 의무가 가벼워지기 때문이라는 말에 공감하면서….

남편의 사회 활동 동아리에서 만난 부인들이 한 팀으로 근 20년 가까이 정기적으로 운동을 하였다. 한 팀을 이룬 4명 중에 공교롭게도 3명이 동갑이고 한 명은 한 살 아래였다. 육순에는 남편들과 함께 여름 휴가를 맞추어 일본 북해도로 일주일간 골프투어를 하며 잊지 못할 추억을 쌓았다. 10년 후 칠순에도 투어를 하자는 약속을 했었다. 2년 전부터 갑자기 심한 오십견으로 운동을 못 하고 쉬고 있었다. 처음 투어 제의를 받았을 때는 자신이 없어 얼마간 망설이다가 꼭 함께하고 싶어 하는 마음에 용기를 냈다.

3시간 30분가량 학창시절 수학여행이라도 가는 듯 들뜬 마음에 지루한 줄 모르고 목적지에 도착했다. 아늑하고 아기자기한 남도의 풍경과 깨끗하게 단장된 숙소가 우리를 기다리고 있었다. 짐을 정리하고 오후에는 아카시아 꽃향기가 은은하게 퍼지는 눈부신 오월의 필드에 나갔다.

순간 살아 있다는 가슴 벅찬 생동감이 꿈틀거렸다. 역시 사람은 움직이는 동물이다. 그동안 잠시 잃었던 감각이 하루하루 되살아났다. 한홀 한 홀 기대와 실망을 되풀이하며 좋은 사람들과 더불어 온갖 시름을 시원하게 날려 버렸다.

아쉬운 마음으로 돌아오는 차창 밖에는 탐스러운 이팝나무 가로수들이 눈처럼 하얀 꽃비를 뿌리고 있다. 온통 초록으로 물들어가는 시야는 서서히 밀려오는 피로를 말끔히 씻어주는 느낌이다. 오십 대를 시작하면서 만나게 된 우리들은 일흔이 되자 여기저기 조금씩 몸의 불편함을 느낀다. 서로 배려하고 조심하며 무사히 동행해준 친구들을 바라본다. 어쩔 수 없는 시간의 흔적들이 더 정답게 다가와 감사한 마음이다. 10년 후 팔순에도 이렇게 함께 나들이할 수 있기를 마음속으로 빌어본다.

화성행궁, 효심에 젖다

　무르익어 가는 여름, 푸름도 한창이다. 수필의 날 행사로 전국에서 모인 수필가들과 함께 수원 화성행궁을 탐방하게 되었다. 대학 시절 수업 중에 『한중록』을 공부하면서 조선 후기 왕실의 안타깝고 믿어지지 않는 통한痛恨의 기록들이 늘 마음속 한편에 자리하고 있었다. 가끔 북수원 성당을 오가면서 정조 임금의 효심이 가득 서린 화성행궁에 꼭 한번 와 보고 싶었다.

　화성행궁은 1997년 유네스코 세계유산으로 지정된 수원화성의 중심축이며 사적(478호)이다. 조선 22대 정조 임금이 1789년(정조 13년) 수원 신읍치 건설 후 팔달산 동쪽 기슭에 수원부 관아와 행궁으로 사용하기 위해 세워졌다. 화성행궁은 임금이 궁 밖으로 행차할 때 임시로 머무는 별궁이다. 567칸의 정궁正宮을 축소한 형태를 갖추고 있는 국내 최대의 규모로 아름답고 웅장함이 깃들어 있다. 이 행궁은 정조가 부친인 장헌세자(사도세자)가 1762년 영조(38년) 임호화변으로 뒤주 속에서 비극적인 삶을 마감하여 양주 배봉산(현재의 동대문구 휘경동)에 있던 무덤을 당시 최고의 명당이라 평가받던 수원의 화산으로 옮기면서 조성되었다. 1789년(정조 13년)에서 1800년(정조 24년)까지 11년간 12차례 능행을 거행하며 각종 행사를 치른 곳이라 한다.

화성행궁의 첫 관문인 신풍루를 지나 유창한 해설가의 설명을 들으며 좌익문과 중앙문을 통과하니 화성행궁의 정전正殿인 봉수당에 이르렀다. 정면에 보이는 용상과 일월오봉도 병풍이 정조가 거처했다는 말을 증명해 주었다. 이곳은 정조가 1795년에 어머니 혜경궁 홍씨의 회갑연을 베풀었던 효의 상징적인 공간이다. 정조는 어머니의 장수長壽를 기원하며 '만년의 수壽를 받들어 빈다.'는 뜻인 봉수당 이라는 당호를 내렸다. 진찬례는 왕실의 종친과 신하들 외에도 많은 일반 백성들까지 참여시켜 성대하고도 따뜻한 마음을 나누는 자리였다고 한다. 봉수당 뒤편 벽에는 유명한 정조 대왕 능행반차도가 길고도 자세하게 그려져 있다. 그 당시의 화려하고도 어마어마한 규모의 행렬에 놀라움을 금치 못했다. 백성들의 생활에 불편함을 배려하여 행차를 꼭 농한기인 1월, 2월에만 거행했다고 한다.

봉수당 북쪽에 위치한 낙남헌은 정조가 부왕의 능침인 화산 능을 참배하고 돌아가는 길에 휴식을 취하던 곳이다. 정면 5칸 측면 3칸의 익공계 팔작지붕 건물(경기도 기념물 제65호)이다. 일제 강점기에 화성행궁이 철거될 당시 훼손되지 않고 남아있는 유일한 건축물이다. 넓은 마당을 만들어 여기서 정조는 혜경궁 홍씨의 회갑을 기념하여 각종 행사를 치렀다. 양로연을 베풀어 참석한 노인들에게 각각 비단 한 필씩을 하사하였으며 노인들의 잔을 올려 장수_{長壽}를 빌었다. 또 이 지방 사람들에게 특별 과거 시험의 기회도 주어 문과 5명, 무과 56명 급제자에게 합격증을 수여하였다. 돌이켜보면 화성은 정조에게 선택된 행운의 땅이 아닌가 싶다.

정조 임금의 행궁 행차 시 혜경궁 홍씨의 침전으로 사용하던 장락당을 지나니 노래_{老來}당이 나왔다. 정조임금이 늙은 뒤에 돌아오겠다는 의지가 담긴 건물이다.

정조가 장차 순조에게 양위하고 노후에 화성에 내려와 어머니를 극진히 모시고 아버지 사도세자의 능침도 참배하며 보내겠다는 생각으로 지은 건물이다. 아쉽게도 정조는 어머니의 회갑연을 베푼 지 5년 후인 49세의 나이로 어머니 앞에 먼저 가는 불효를 저질렀다. 해설사의 설명을 듣고 어찌나 가슴이 먹먹하던지 한참 동안 감정을 수습하느라 나름대로 애를 먹었다. 행궁 주위에 말 없는 고목은 그때의 참담함을 고스란히 지켜보았으리라. 정조가 승하한 후에도 혜경궁 홍씨는 효심이 지극했던 정조를 그리워하며 굴곡 많은 궁중 생활을 글쓰기로 승화시켰다.『한중록』은 우리 국문학사의 중요한 고증_{考證}이 되고 있다.

정조는 세손 시절부터 신변에 대한 두려움으로 생전에 한 번도 깊은 잠을 청하지 못하였다고 한다. 밤새워 책을 읽으며 학문을 쌓고 마음을 다스렸다. 몸을 지키기 위하여 종일 무예를 익히며 성군이 되기 위해 피 눈물 나는 노력을 하였다. 그 보람으로 어머니의 회갑이 되던 해에야 어머니를 모시고 사도세자가 돌아가신 지 32년 만에 현능원에 행차를 하였다고 한다. 그 순간 만감이 교차했을 모자母子의 심정을 생각하니 울컥 눈물이 앞을 가렸다. 무엇보다 천륜天倫을 중시하던 조선 시대에 있을 수 없는 고통을 겪으며 살아온 그들은 당파싸움의 희생양이었다. 과연 우리에게 권력이란 무엇인가? 200여 년이 지난 지금도 여전히 정치꾼들은 국가와 국민의 이익을 팽개치고 오로지 자기들의 당黨과 자기들의 입장만 주장하며 권모술수를 일삼고 있다. 인류의 영원한 과제일까? 씁쓰레한 마음이 답답해 온다.

일제 강점기의 횡포는 화성행궁도 예외는 아니었다. 행궁의 주 건축물인 봉수당에 의료 기관인 자혜의원이 들어서면서 낙남헌 외에는 모든 건물이 훼손되는 아픔을 겪었다. 1975년 화성 복원 결정과 함께 행궁 복원 필요성이 대두되면서 1996년에 화성 축성 200주년을 맞았다. 수원시가 역사 바로 세우기 일환으로 복원 공사를 시작으로 2003년 7월 말 482칸을 복원하여 1단계 공사가 끝났다고 한다. 이어서 10월 9일 화성행궁 21개 건물 중 18개 건물과 정조 영전인 화령전을 복원하여 일반인에게 공개하고 있다.

사방을 둘러보니 풍수를 전혀 모르는 사람이라도 병풍처럼 에워싼 양지바른 산자락에 고즈넉이 자리 잡은 화성행궁은 명당이 아닐 수 없다. 규모는 정궁보다 작지만 꼭 필요한 건물들이 여러 채 자리 잡고 있어 정조의 세심한 효심의 손길이 구석구석 배어있었다. 30도를 웃도는 날씨에도 회원들은 해설가의 설명을 듣느라 조용하기만 하다. 잠시 타임머신을 타고 조선 후기 정조의 마음으로 돌아가 효심에 흠뻑 젖어본 보람 있는 날이었다. 한 자락 시원한 바람과 함께 돌아 나오며 보이는 행궁은 어떤 시련이 닥쳐도 꿋꿋하게 버텨내는 힘을 가진 우리 역사의 산증인이요 효의 본산이다.

그대가 꽃

〈그대가 꽃〉이라는 시사 교양 프로그램을 열심히 시청한다. KBS 1TV에서 매주 수요일 7시 30분에 방영하는 가수 인순이의 토크 드라마다. 여러 채널에서 많은 프로그램이 있지만 이 방송은 시청 후에 따뜻해지는 마음과 자신을 돌아볼 수 있는 계기가 되기 때문이다. 한 편 한 편마다 살아가면서 부딪치는 운명적인 순간이나 잊지 못할 경험으로 삶을 헤쳐 나가는 진솔한 이야기가 가슴 뭉클한 감동을 준다. 누구의 삶이든 엮어보면 한 편의 드라마가 될 수 있다고 생각한다. 그중에 어떤 계기로 누구를 만나서 삶이 변화된 사연은 여러 사람에게 희망을 안겨준다.

지난 6월 3일 수요일에 22회로 방영된 '아니야, 우리가 미안하다' 편은 두고두고 가슴에 훈훈하게 남는다. 부산의 대표적인 달동네 단칸방에 사는 7남매 중 주인공은 일용직으로 전전하는 아버지 밑에 힘들게 성장한다. 육성회비와 준비물을 챙기지 못한 경우 창피한 마음에 학교를 자주 결석하는 학생이었다. 가난한 그에게 5학년 때 담임선생님이 반장을 시켜주신 후 책임감으로 성실하게 학교생활을 하게 되었다. 그 후 선생님의 독려로 꿈을 가지게 되어 대학을 가고 피나는 노력으로 5전 6기 끝에 사법 시험에 합격한 천종호 판사다. 그는 판사로 경험을 쌓아 변호사로 개업하여 가난으로 고생만 한 가족들을 호강시켜보겠다는 극히 평범한 계획을 세웠다.

어느 날 천 판사는 소년범들의 재판을 맡게 된다. 부모로부터 버려진 16세의 소녀가 남동생과의 생계를 책임지게 되었다. 어린 나이에 원조 교제라는 극단적 선택을 하여 절도, 성매매, 병까지 걸린 사실을 알게 되었다. 재판 도중 소녀가 부모님과 재판관에 보내는 편지 내용에 사회의 불만보다 죄송하다는 말을 되풀이하였다. 천 판사는 가정도 사회도 국가도 외면한 현실에 엄한 처벌 대신 오히려 "우리가 미안하다."라는 말을 할 수밖에 없었다고 한다. 요즘 같은 시대에 보기 드문 어른으로서의 양심적인 인품이다. 가난한 어린 시절을 보낸 그는 가정의 결손으로 범죄에 쉽게 노출된 소년범들에게 남다른 이해를 보낼 수 있었다.

천 판사는 짧은 시간 안에 소년범들을 변화시키기 위해 다양한 방법을 시도해 본다. 진심 어린 호통도 쳐보고 법정에 선 아이들에게 시를 읽히거나 노래를 부르게 하고 개그를 시킨다. 부모님을 향해 "사랑합니다. 죄송합니다."를 외치게 하는 파격적인 그의 노력이 움츠렸던 소년범들의 마음을 움직이게 했다. 요즘은 한 가정에 자녀의 수가 적다고 걱정하며 더 낳기를 권장하고 있다. 출산의 장려보다도 현재 자라고 있는 자녀들에게 사회가 책임지고 바르게 성장할 수 있는 환경을 만들어 주어야 한다. 일등주의만 부르짖는 편협한 사고로 거짓말쟁이가 되는 부끄러운 일은 없어야 한다. 자기 개성에 따라 폭넓은 선택에도 긍정적 시선을 보내며 응원하는 사회가 하루속히 정립되었으면 좋겠다.

천 판사는 소년범들의 재발을 막기 위해 가장 효과적인 방법으로 아이들에게 따뜻한 가정을 만들어 주는 것을 생각했다. 뜻있는 사람들을 설득하여 돌아갈 가정이 없는 소년범들에게 사법형 그룹홈을 만들어 6년째 운영하고 있다. 그 결과 결손 가정의 재범률은 60%가 넘는데 사법형 그룹홈을 거쳐 간 재범률은 30% 이하로 떨어졌다고 한다. 사법부의 적은 지원과 자원 봉사자의 자비, 그가 아이들의 이야기로 엮은 책의 인세, 강의료, 방송 출연료 등의 기부로 어렵게 운영하고 있는 실정이라고 한다.

'아니야, 우리가 미안하다' 편은 아이들이 사회나 부모로부터 버림받았다는 상처를 아물게 해줄 책임이 우리 모두에게 있음을 깨우쳐 준다. 이 방송을 시청한 사람들은 천 판사의 마음을 이해하고 작은 정성이라도 동참하고 싶은 마음이 저절로 우러나고 있다. 그동안 청문회나 기사에서 늘 듣고 보던 부패된 공직자와는 전혀 다른 참신하고 깊은 사랑을 보는 순간 뜨거운 박수를 보냈다. 부러진 꽃을 다시 피울 수 있도록 든든한 울타리가 되어주는 천 판사는 이 사회를 환하게 밝히는 진정한 꽃이다.

건강염려증

서서히 또 하루해가 저문다. 살아 있는 동안 늘 되풀이되는 일이지만 가끔씩 무언가를 하나씩 잃어가는 허전한 마음이다. 시간에 쫓겨 정신없이 허우적거리며 어디를 향해 가고 있는지 자신에게 물어본다. 아이들을 모두 출가시키고 둘만의 단출한 식구가 되었다. 그동안 집안일과 아이들의 뒷바라지로 묶여 있던 마음이 반쯤은 해방된 기분이다. 휑한 마음을 달래려고 하고 싶은 일을 찾아 여기저기 열심히 기웃거려 보았다. 올겨울은 체력이 한계에 닿았는지 잠자리에 들면, 사춘기 소녀처럼 이유 없이 가슴이 두근두근거린다. 한 달째 잠도 쉽게 오지 않아 건강이 염려스럽다.

해마다 정기 검진을 받는 병원을 찾아갔다. 이것저것 검사 결과 가끔 맥박이 한 번씩 빨리 뛰는 결과가 나타났다. 의사 선생님의 소견은 심장이 조금 약한 편이라며 약을 처방해 주었다. 2주에 한 번씩 병원에 들러 경과를 이야기하고 약을 바꾸어 먹어도 별다른 효과가 없었다. 처방한 약을 먹고부터 맥이 빠진다는 말이 어떤 기분인지 알 것 같았다. 도무지 힘이 풀려 아무런 의욕이 없었다. 지친 마음에 한약방에 들려 한약도 지어 먹었다. 겨울이 다 가고 봄이 돌아왔다. 평소 봄이면 느끼던 설레는 마음을 찾을 길이 없어 한층 마음이 불안하다.

나이 탓인지 비슷한 사람들이 모인 장소에는 어김없이 건강 이야기가 화제가 된다. 여기저기 아픈 사람도 많고 각자 경험에 의한 좋은 약도 많았다. 얼마 전 시 수업을 받던 한 회원이 부정맥으로 고생하다 결국 수술하느라 수업에 나오지 않고 있었다. 부정맥에 대해 인터넷으로 찾아보았다. 어느 부분은 일치하고 어느 부분은 나의 증세와 일치하지 않았다. 사 개월 정도 약을 먹어도 상태가 호전될 기미가 없었다. 어느 날 밤 갑자기 가슴이 답답하고 몸 상태가 극도로 좋지 않았다. 난생처음 종합 병원 응급실을 찾아갔다. 상상으로 늘 두렵기만 하던 응급실을 급한 마음에 어쩔 수 없이 찾게 되었다. 간단한 절차를 거치고 외래 진료를 예약했다. 다음 날 심장 초음파 등 세밀한 검사를 하고 24시간 활동성 심전도 검사까지 제출했다.

일주일 후 검사 결과를 보러 병원을 방문했다. 예약한 외래 선생님 방 앞 대기실에서 초조하게 차례를 기다리고 있을 때였다. 언뜻 보기에 내 나이 정도 되는 여성분이었다. 목에 명찰을 걸고 환하게 웃으며 여러 가지 음료수가 담긴 수레를 밀고 대기실을 누비며 봉사하고 있었다.

순간 부끄러운 생각이 들었다. 비슷한 나이에도 건강하게 남을 위해 봉사하고 있는데, 불안한 마음에 전전긍긍하고 있는 내 모습이 너무 싫었다. 그때 명단이 게시판에 떴다. 마음을 가다듬고 용기를 내어 문을 밀고 들어섰다.

한참 검사 결과를 보고 있던 의사 선생님이 심장에 아무런 이상이 없다고 말했다. 가끔 맥박이 한 번씩 빨라지는 것은 갱년기 장애에서 오는 현상일 수 있다는 것이다. 잔뜩 긴장했던 마음이 허탈해지며 기운이 쭉 빠졌다. 의사 선생님은 어리둥절하게 서 있는 나를 힐끗 보며 뜬금없이 "혹시 예술 하시냐"고 물었다. 갑자기 말 못 할 비밀을 들킨 사람처럼 당황하며 아무 대답을 할 수 없었다. 나이가 들면 대부분 자연히 감성이 둔해지는데 아직 예민하게 살아 있어 물어본다고 했다. 그때야 속으로 피식 웃음이 나왔다. 다른 처방은 없고 증상이 있을 때만 복용하는 약을 받았다. 돌아오는 길은 아지랑이와 함께 이미 봄꽃이 차례대로 환하게 피고 있었다. 그 이후 병원에서 받아온 약을 한 번도 복용하지 않고도 무난하게 살고 있다.

요즘에는 세상에 떠도는 의학 지식이 난무하다. 자세히 읽고 들어 보면 어느 것 하나는 꼭 자신의 불편함과 일치되는 점이 있기 마련이다. 때로는 아는 것이 병일 때도 있다. 아무리 무관심하려고 노력해도 하루가 멀다 하고 지면이나 방송을 접하게 되면, 한 번쯤 흔들리지 않을 사람이 과연 몇 명이나 있을까? 예방에는 도움이 될 수도 있지만 지나친 홍보는 사람들을 건강 염려증 환자로 몰고 갈 수 있다. 목숨을 하늘에 맡기고 의연하게 살아가는 길은 긍정적인 마음과 비우려고 노력하는 방법뿐인 것 같다.

알래스카를 가다

　평소 가깝게 지내던 부부들이 여름휴가 날짜를 맞추어 알래스카로 향했다. 원래 러시아의 영토였다가 1867년에 미국이 사들여 49번째 주(州)로 탄생된 곳이다. 천혜의 자연에 매장된 자원이 풍부하여 미국에 엄청난 대박을 안겨준 행운의 땅이다. 우리는 기대와 설렘으로 앵커리지 공항까지 8시간 남짓 걸려 도착하였다.

　버스를 타고 쥬노를 향하여 가는 길엔 야생의 자연 그대로가 펼쳐졌다. 가도 가도 끝없는 넓은 평원에 수줍은 듯 무리 지어 피어있는 분홍 붓꽃들과 야생화가 거대한 자연 앞에 앙증스럽게 보였다. 기후는 영상 17.8도, 우리나라의 11월 초의 날씨로 여행하기 알맞은 날씨다. 이 넓은 땅 가는 길 어디에도 사람들의 모습이 보이지 않았다. 알래스카의 주도(主都) 쥬노에 도착하자 사람들이 보이고 시가지에 아담한 집들이 동네를 이루고 있었다. 한국 식당을 찾아가는 길목 수로가 좁은 강에는 사람들이 고기 반 물 반으로 연어를 잡고 있다. 푸짐한 연어 회를 곁들여 늦은 저녁을 먹고도 어두워질 줄을 모르는 백야(白夜)다. 이곳은 새벽 1시가 돼서야 어둠이 찾아오고 다시 새벽 3~4시면 아침 해가 솟는단다. 긴 시간 여행으로 지친 몸은 어쩔 수 없이 두꺼운 커튼을 치고 내일 일정을 위하여 잠을 청했다.

아침 일찍 유람선을 타고 발데즈항에서 위디어항으로 출발하였다. 햇빛에 투영된 에메랄드빛 크고 작은 유빙들이 수없이 몰려오는 눈부신 풍경이 나타났다. 모두들 갑판으로 나가 그 황홀함을 바라보며 탄성을 질렀다. 깎아지른 듯한 절벽 해안가에 군데군데 무리를 지어 쉬고 있는 바다사자들, 거친 바다를 뛰어다니는 돌고래의 등장, 수면 위로 폴싹폴싹 솟구치는 연어들의 묘기, TV를 통해 〈동물의 왕국〉에서나 볼 수 있었던 광경이 생생하게 재현되고 있었다. 거대한 고래의 출몰은 관광객들을 긴장감으로 숨을 죽이게 했다. 끝없는 '콜롬비아 대빙하'의 장관을 넋을 놓고 바라보았다.

수만 년 전 태초의 모습 그대로 인간과 공존하는 야생 동물들의 평화로운 모습이 너무나 인상적이었다. 유람선이 움직일 때마다 뱃전에 얼음 지치는 소리가 서걱서걱 들렸다. 옥빛 속살이 눈부신 빙하는 오랜 역사를 말해주듯 거대한 산과 계곡을 이루고 있다. 한 번씩 가장자리에 있는 빙하가 무너질 때마다 천둥소리를 내며 끊임없이 바다 속으로 흘러내리고 있다. 7시간 남짓 항해하면서 줄곧 다른 세상에 온 느낌이 들었다. 일생에 꼭 한번은 경험해야 할 대자연의 신비한 향연을 본 듯 가슴이 벅차올랐다.

매킨리산 등정 출발 지점에 있는 우리나라 최초로 에베레스트를 등정한 산악인 고상돈의 가묘를 참배했다. 북미 최고봉인 매킨리산은 변덕스러운 날씨와 희박한 공기 때문에 등반하기 까다로운 산으로 유명하다. 고상돈 씨는 매킨리산 등정을 성공하고 하산 도중 빙하로 떨어져 숨졌다고 한다. 몇 번이나 시신을 찾기 위해 시도했으나 실패했다는 말에 마음이 착잡했다. 우리들은 고개 숙여 고인의 명복을 빌었다. 경비행기를 타고 매킨리산 구석구석을 1시간 동안 누볐다. 하얀 만년설에 덮인 우뚝 솟은 봉우리들과 흘러내리는 빙하 옆에 무성한 숲과 호수가 환상적인 조화를 이루고 있었다. 하늘과 봉우리에 맞닿은 운해雲海, 길게 뻗어 내리는 강줄기를 내려다보는 절경은 아찔하면서도 깊은 감동이었다. 경비행기가 한 번씩 계곡으로 들어갈 때마다 매서운 냉기가 기내로 섬뜩하게 들어왔다. 이번 여행은 마치 자연이 빚어낸 위대한 걸작품에 인간은 한없이 겸손해져야 한다는 법을 가르치는 것 같았다.

일정의 마지막으로 알래스카에서 빼놓을 수 없는 개썰매장에 도착하였다. 먼저 기념관에서 에스키모인들의 생활에 관한 영화를 보았다. 각자 자기가 태어난 곳의 자연과 기후에 적응하며 치열하게 살아가는 인간의 지혜가 새삼 놀라웠다. 눈도 없는 길을 개썰매를 타고 달리는 기분이 묘하면서도 끌고 가는 잘생기고 늠름한 개들이 가엾다는 생각이 들었다. 거대한 땅! 태초에 하느님께서 천지를 창조하신 그대로의 모습이다. 현대의 사람들이 상상할 수 없는 천혜의 공기와 자연을 간직한 순결한 땅이다. 이곳만큼은 영원히 문명의 때가 묻지 않기를 간절히 기원하고 싶다.

가을, 지리산 둘레길 3코스

가을은 소리 없이 무르익어 가고 있다. 한낮의 태양은 여름을 방불케 하며 모든 자연의 결실을 위해 열정을 다하고 있다. 지리산 둘레길 3코스로 가을 나들이를 가기로 했다. 나이 탓인지 평지를 걷기는 무리가 없지만 가파른 곳을 올라가는 길은 숨이 가쁘고 영 힘이 든다. 떠나기 전 이십여 일을 아파트 근처 오르막을 지나 학교 운동장을 한 시간가량 꾸준히 걷는 연습을 하였다. 둘레길 3코스는 임도, 제방로, 농로, 차도 등 몇 차례의 오르막과 숲길이 골고루 분포되어있다. 지리산 둘레길 20개 코스 중 가장 길이가 길고 만만치 않으며 아름다운 코스다.

용인에서 버스를 타고 3시간 30분가량 지나 전라북도 남원에 도착하였다. 둘레길 3코스는 지리산 북부 지역인 남원 산내면 상황 마을과 경상남도 함양군 마천면 창원 마을을 잇는 길이다. 맑고 쾌청한 가을 날씨에 가뿐한 마음으로 첫 번째 매동마을에 들어섰다. 마을의 형국이 매화꽃을 닮은 명당이라 하여 매동마을이란 이름이 붙여졌다. 우리 일행은 아기자기하고 평화로운 옛 동네를 길 따라 걷기 시작했다. 누렇게 익은 벼, 울긋불긋 단풍 진 나무들을 바라보며 얼마 동안 걸었다. 서서히 산길에 들어서니 보랏빛 구절초와 흰 망초 꽃, 노란 산국화 향이 가을 정취를 물씬 풍긴다.

장항마을로 가는 숲길 입구에는 알이 꽉 찬 밤송이를 줍느라 관광객들이 여기저기서 시끌벅적 소란스럽다. 모처럼 휴일을 즐기려고 가족과 지인들끼리 즐겁게 담소를 나누며 걷는 모습이 활기차 보여 덩달아 기분이 좋았다. 나무들이 빼곡한 가파르지 않은 산길을 청정한 공기를 마시며 한참을 걸어 맑은 물이 흐르는 시원한 계곡에 다다랐다. 깨끗한 계곡물에 손을 씻고 우리들은 근처 식당에서 잠시 땀을 식히며 점심 식사를 했다. 적당한 운동을 하고 난 후 먹는 특별한 음식 맛도 있겠지만 지리산에서 자란 생표고전을 곁들인 산나물 비빔밥은 그 향과 맛이 일품이었다.

배너미재로 가는 길은 점점 가파른 언덕과 내리막을 땀이 나도록 몇 번씩 반복하는 둘레길 3코스 중 가장 어려운 코스다. 힘든 중에도 서로가 뒤처진 일행을 챙기고, 그냥 지나치기 아까운 비경 앞에서는 기념 촬영도 하면서 장항마을에 도달하였다. 마을 앞에는 수령이 400년이 넘은 당산 소나무 몇 그루가 마을을 굽어보고 있었다. 이곳에 살던 옛 조상들은 해마다 마을의 결속과 안녕을 빌며 당산제를 지냈으며 지금도 그 풍습이 이어지고 있다고 한다. 옹기종기 모여 있는 집들은 그 당시 이 산골에서 한없이 소박한 삶을 살았던 조상들의 애환이 녹아 있는 정겨운 마을이다.

오래된 다랑이 논을 끼고 농로(農路)를 따라 걷다보니 한창 가을걷이로 바쁜 상황 마을이 눈앞에 나타났다. 산비탈을 깎아 돌을 쌓아 올려 계단식으로 만든 논밭들이 많았다.

가난으로 곤궁한 시절 땅 한 뼘이라도 더 일구려고 노력한 조상들의 지혜가 짠한 여운으로 남는다. 길옆 쪽으로 가을볕에 곡식을 말리는 부지런한 일손들과도 반갑게 인사를 나누었다. 멀리 지리산의 능선이 바라보인다. 산봉우리 정상의 뭉게구름이 펼치는 변화무상한 그림들이 잠시 발길을 멈추게 한다. 사방이 산으로 둘러싸인 고즈넉한 마을은 세상모든 시름을 멀리한 채 한없이 평화로워 보인다. 길 따라 색색으로 피어있는 코스모스와 갈대들이 지나가는 길손에게 손 흔들어 인사를 한다. 한 폭의 수채화 같은 가을 풍경이다.

숨이 턱에 차도록 오르는 산길은 중간에 포기할 수도 없다. 버스는 이미 종점에서 기다리게 되어있기 때문이다. 더는 갈 수 없을 것같이 힘이 들 때가 오면 공교롭게도 내리막이 나온다. 코헬렛의 성경 말씀에 "기쁠 때가 있으면 슬플 때가 있고 사랑할 때가 있으면 미워할 때가 있다. 하늘 아래 모든 것에는 시기가 있고 때가 있다."는 말씀이 스쳐 지나간다. 다음 오르막길은 이 말씀을 묵상하며 묵묵히 올라가 보았다. 역시 긴 내리막 끝으로 펼쳐진 마을은 집집마다 빨간 감들이 가지가 부러지도록 주렁주렁 달려있었다. 거북 등을 닮았다 하여 이름 지어진 등구재는 전라도 상황마을과 경상도의 창원 마을의 경계다. 옛날 마을 사람들이 장을 보기 위해 넘었으며 시집가고 장가가던 추억 어린 고갯길이다. 진한 풀냄새가 코를 찌른다. 아직 못다 진 빨간 배롱꽃 몇 송이와 주황색 산나리가 홀로 외롭게 피어있는 내리막길은 한결 여유로워졌다.

지루할 사이도 없이 펼쳐지는 다양한 길을 걷고 또 걸었다. 지리산과 어우러진 마을 풍경의 아름다움에 정신을 빼앗기며 드디어 오늘의 마지막 코스 창원 금계마을에 도달하였다. 빛을 잃은 낮달이 유유히 동행하는 길을 따라 맑은 계곡물이 엄천강으로 흐른다. 탁 트인 시야에 지리산 천왕봉의 주 능선이 늠름하게 드러난다. 집집마다 저녁연기가 아련히 피어오르고 강아지가 낯선 인기척에 놀란 듯 짖어댄다. 사람 사는 냄새가 물씬 풍긴다. 순간 고향에 온 듯 마음이 따뜻해진다. 약 20km의 둘레길 3코스를 여섯 시간 남짓 걸려 완주하였다. 40대 후반에서 70대 후반의 우리들에게는 다소 촉박한 일정이었다. 한 사람의 낙오도 없이 넉넉한 가을의 품을 흠뻑 느끼며 뿌듯한 마음으로 차에 올랐다.

군산에서의 시간 여행

제16회 수필의 날은 군산에서 열린다. 행사에 참가할 회원들과 일찌감치 약속 장소로 나갔다. 포근한 햇살에 상쾌한 바람이 부는 전형적인 봄 날씨다. 준비된 몇 대의 버스를 타고 군산을 향해 시간 여행을 떠나는 회원들의 표정은 한껏 들떠있다. 각 문학회마다 삼삼오오 짝을 지어 화사한 웃음꽃이 만발한다. 올해로 3년째 수필의 날 행사에 참석하고 있다. 지난 행사장들은 집과 비교적 가까운 거리에 있어, 1박 2일 행사는 처음이라 더욱 기대가 된다. 군산은 곳곳에서 구석기, 신석기 시대의 유물이 출토되고 마한, 백제의 유물이 발굴되는 유서 깊은 역사의 도시다.

군산의 대표적인 근대 소설가인 채만식 문학관을 관람했다. 일제 강점기의 사회 부조리와 수탈을 주제로 한 소설, 희곡, 수필 등 340여 편의 작품이 남아있다. 전북 군산이 고향인 작가 채만식(1902~1950)은

특히 1930년대의 암울했던 사회상을 풍자적으로 그려낸 『탁류』가 대표작으로 꼽힌다. 『탁류』는 1939년에 집필된 장편 소설로 충청도와 전라도의 접경을 타고 흘러온 금강이 끝나는 곳에 걸터앉은 항구도시 군산을 배경으로 했다. 일제 강점기 인천, 부산과 함께 당대의 대표 물류 기지였던 군산은 일본의 식민지 수탈의 전초 기지 역할을 하였다. 일제의 억압과 자본주의의 억압이 조선 민중을 억누르는 시간적 배경을 작가의 시선으로 표현한 작품이다. 군산은 소설가 채만식뿐만 아니라 노벨문학상 후보로 오른 시인 고은을 비롯하여 현재 한국문학의 수장인 문효치 한국문인협회 이사장의 고향이기도 한 문화의 역사를 가진 고장이다.

근대역사박물관에 들렸다. 군산은 국내에서 근대 문화유산이 가장 많이 남아 있는 곳으로, 이들 문화유산을 한곳에서 감상할 수 있도록 박물관을 건립하였다. '역사는 미래가 된다.'는 모토로 만들어진 근대역사박물관은 과거 무역항으로 해상 물류 유통 중심지였던 옛 군산의 모습을 생생하게 재현해 놓았다. 일층 로비에 축소해서 세워진 어청도 등대는 해양수산부의 '아름다운 등대 16경'에 뽑힐 만큼 군산의 자랑거리다. 1912년 3월 1일에 점등하여 오늘까지 고군산군도 앞바다를 비추고 있다. 해양물류역사관, 어린이체험관, 근대생활관, 기획전시실 등으로 구성되어있다. 특히 1930년대 시간 여행을 주제로 군산에 있던 건물을 복원한 근대생활관은 관람객들에게 가장 인기 있는 공간이다. 일제의 강압적인 통제 속에도 굴하지 않고 치열하게 삶을 살았던 군산 사람들의 흔적이 고스란히 담겨 있기 때문이다. 호남에서 산출된 곡식을 수탈하여 배에 싣고 일본으로 실어 나르는 장면에서 나라 잃은 민족의 애환을 다시 한번 뼈저리게 느낄 수 있었다.

동국사로 발길을 옮겼다. 들어서자마자 어느 일본의 절에 온 듯한 착각이 들었다. 1913년 일제 강점기에 일본 승려 우찌다가 일본에서 직접 건설 자재와 나무를 가져다 심은 한국 유일한 일본식 사찰이다.

주요 건물은 대웅전, 요사채, 종각 등이 있다. 대웅전은 팔작지붕 홑처마 형식으로 일본 에도 시대의 건축 양식으로 일본 사찰의 특징을 나타내고 있다. 건물 외벽에는 창문이 많고 우리나라 처마와 달리 아무런 장식이 없었다. 처음에는 '금강사'라는 이름으로 창건되었다가 해방 후 김남곡 스님이 '동국사'로 이름을 바꿨다. 일제 강점기 종교에까지 그들의 양식을 고집한 만행에 식민 지배의 아픔을 또다시 확인하였다. 아무리 둘러보아도 낯설기만 한 동국사는 군산 출신 고은 시인이 한때 출가하여 불경을 공부한 절로도 유명하다.

군산은 기름진 들녘과 풍부한 바다, 천혜의 비경이 아직도 때 묻지 않고 남아 있는 어디에서도 보기 드문 아름다운 고장이다. 곳곳에 지금껏 남아 있는 일제 강점기의 여러 자취들은 사람들의 관심을 끌기에 충분한 근대 문화유산으로 자리매김하고 있다. 새만금을 비롯한 첨단 산업 도시와 국제 무역항으로 발돋움하는 21세기 약속받은 땅이다. 과거의 힘든 삶을 딛고 현재와 미래로 힘차게 뻗어가고 있는 군산을 보며, 시간 여행 내내 숱한 역사를 간직한 유서 깊은 도시라는 생각을 떨쳐 버릴 수 없었다.

어버이날

    어김없이 오월의 햇살은 눈부시다. 을씨년스럽기만 한 내 마음에 유난히 멈칫거리며 더디게 다가온 야속한 오월이다. 할 말을 잃고 모든 사물에 무심해지려고 무던히도 애를 써보지만 생각만큼 마음이 잘 따라주지 않는다. 지나가는 모든 사람들이 다 위대해 보인다. 사람이면 누구나 겪어야 되는 과정을 알고 맞닥뜨리면서도 겉으로는 여전히 일상을 살아내는 처연한 모습을 생각해 본다. 어버이날이 되자 아이들은 여느 때처럼 점심 식사를 함께하자고 연락을 했다.

    늘 이맘때면 남편과 함께 약간은 들뜬 마음으로 아이들을 만나러 갔었다. 이제는 혼자인 것을 염려해 작은딸이 집까지 데리러 왔다. 푸른 가로수 잎들이 반갑게 인사하는 낯익은 길, 식당, 모두가 그대로인데 아무리 둘러보아도 한 사람만 끝내 모습을 보이지 않는다. 시도 때도 없이 울컥해지는 마음을 다잡느라 혼자 안간힘을 써본다. 모처럼 만난 아이들에게 분위기가 흐트러지는 모습을 보이기 싫어 평소와 같이 각자 좋아하는 메뉴를 시켰다. 식당은 어버이날이라 테이블마다 가족들이 모여 웃고 떠들며 화기애애한 분위기다.

식사를 마친 후 남편이 있는 용인 천주교공원 묘원으로 아이들과 함께 가는 길이다. 이곳에도 봄은 찾아와 싱그러운 나무들과 환한 꽃들이 평화롭기만 하다. 집에서도 차로 20분이면 충분히 도착할 수 있는 길이지만 익숙하지가 않다. 여기에 남편이 있다는 사실이 아직까지도 믿어지지 않기 때문이다. 지금도 외출하고 집으로 돌아올 때는 집에서 남편이 반갑게 맞아줄 것 같아 나도 모르게 발걸음이 빨라지곤 한다. 언젠가는 그가 여행에서 돌아와 허스키한 음성을 들려줄 것 같은 착각으로 하루하루를 지탱하며 살아가고 있다. 앞이 탁 트이는 양지바른 묘역에 도착해 보니 봉분 위에 잔디가 고맙게도 저번보다 더 파릇하게 올라와 있다.

올 때마다 머지않은 날 여기에 함께할 수 있다는 생각만이 위로가 된다. 만남은 어떤 경우로도 이별을 예비하고, 인간은 태어난 순간부터 죽음을 향해 가고 있다. 성당에서 연도와 장례미사를 드릴 때마다 문득 이 미사가 나 아니면 내 가족을 위한 것이 될 수도 있다는 생각에 더 경건하고 간절하게 가시는 분의 편안한 안식을 하느님께 기도드린다. 복음과 수많은 앞서간 사람들의 글을 통해 죽음을 간접적으로 체험해 본다. 독일의 문호 괴테는 '죽음은 해가 지는 것과 마찬가지다. 우리의 눈으로부터 벗어나 볼 수 없게 되어도 태양은 지평선을 향해 조금도 변함없이 빛나고 있다.'는 말을 했다. 곧 삶과 죽음은 하나로 이어져 있다. 죽음이 끝이라는 편협한 생각 때문에 살아 있을 때 모든 것을 성취하려는 끝없는 욕망이 세상을 어지럽히는 요인이 되지 않을까? 오늘은 어버이를 뵈러 온 자손들이 여느 때보다 많이 오가고 있어 묘역들이 한결 외롭지 않아 보인다.

어버이날 혼자 외롭게 있을 남편을 생각하며 아이들과 함께 이곳에 들렀다. 작년 이맘때까지만 해도 치료될 수 있다는 믿음을 가지고 온 가족이 합심하여 의사의 지시에 따랐다. 힘든 항암 치료 중에도 골고루 음식을 섭취하려고 노력했고 적당한 운동도 꾸준히 병행하며 한 번도 짜증 내는 모습을 볼 수가 없었다. 늘 자신 때문에 가족들이 고생하는 것 같아 미안하게 생각하는 눈치였다. 보조 치료를 곁들이며 최선을 다한 결과 몇 달간 많은 호전이 있어 의사도 긍정적인 반응을 보였다. 몸 상태가 괜찮은 날은 꾸준히 성서 쓰기도 하며 치료한 지 일 년이 될 때 재검사를 했다. 담당 의사는 난감한 표정으로 재발이 되어 기존의 항암제들은 내성이 생겨 더 이상 치료제가 없다는 말을 어렵게 들려주었다. 가족들은 희망의 끈을 놓지 않고 모든 기록과 영상물을 받아 또 다른 병원에 의뢰를 했다. 역시 별다른 방법이 없다는 말을 의연하게 듣던 남편의 모습이 떠오른다.

남편은 치열한 경쟁 사회에서도 성실하게 직장 생활을 하고 있었다. 퇴직 무렵 생각지도 않은 시대적인 어려움을 겪으며 서서히 마음을 비우기 시작했다. 평소에는 성품이 급하면서도 꼼꼼하여 마음에 들지 않은 일을 그냥 보고 지나치기가 힘들었다. 퇴직 후는 옆에서 보기에 조금은 답답할 정도로 모든 것을 내려놓고 이해하며 욕심 없이 살려고 노력했다. 그동안 늘 바쁘다는 핑계로 소홀히 했던 가족, 친지, 친구들과 정을 나누고 느긋하게 취미 생활도 즐겼다. 단둘이서 이십 년 가까이 생활하다 보니 매사를 굳이 말을 하지 않아도 서로의 마음을 읽을 수 있어 별로 불편함이 없었다. 지금 곰곰이 생각하면 가장 바람직한 노후생활을 보내지 않았나 싶다.

사람이 죽어가는 마지막 모습은 그가 삶을 어떻게 살았는지 거짓 없이 드러내는 거울이라는 말을 한다. 남편은 최선을 다해도 이룰 수 없는 것은 하느님의 뜻으로 받아들이며 하루하루 주변 정리를 했다. 남아 있는 가족들이 당황하지 않게 손수 정리도 하고 다음에 할 일들은 노트에 적어 두었다. 하느님께는 그동안 살아온 날들을 성찰하고 어려운 길목마다 베풀어주신 은혜에 감사드렸다. 아직 생존해 계시는 몇 분의 웃어른께는 죄송한 마음을 표시하고, 가족들에게도 더 오래 함께할 수 없음을 안타까워하며 몇 가지 진심 어린 당부를 했다. 많은 사람들의 끊임없는 기도 덕분에 위령성월 위령의 날에 참으로 편안한 모습으로 하느님께 돌아갔다. 어버이날 한쪽을 잃고 상심하는 아이들에게 조금은 더 버팀목이 되어주다 남편처럼 하느님께 갈 수 있도록 늘 준비하는 순연한 삶을 살고 싶다.

희뿌연 여명으로 희망찬 아침이 열린다.
세상의 모든 일상들은 다시는 밤이 오지 않을 것 같은 열기로 하루가 시작된다.

— 「삶의 양면성」 부분

- 작품해설 -

아름다운 삶,
소중한 나날

지연희 | 사)한국문인협회 수필분과회장

아름다운 삶, 소중한 나날

지연희 | 사)한국문인협회수필분과회장

　　문학은 작가의 정서로 문자 위에 옷을 입히는 감동과 공감을 동반한 삶의 그림이다. 특히 수필문학은 체험한 삶을 바탕으로 그려내는 문학 장르로 더욱더 필자와 독자의 관계를 돈독하게 하는 생활문학이다. 까닭에 수필은 한 폭의 거울에 비친 성찰의 의미와 동반하여 수반된다. 날로 건조한 첨단과학(인공지능)발전에 따른 현대인의 일상 속에서 인성이 마비된 삶을 살아가고 있는 현실은 안타깝지 않을 수 없다. 문득문득 되돌아보게 하는 정신적 피폐의 그늘은 어둠에서 빛을 기다리듯 깨달음이라는 기도에 이르게 한다. 수필문학은 바로 그 안개 낀 절벽에서 구원의 십자가를 비추어 길을 만드는 마력을 지녔다.

　　계간『문파』신인문학상 수필부문에 당선되어 문학인의 길을 걷고 있는 이홍수 수필가의 첫 번째 수필집 『소중한 나날』은 따사로운 봄날의 햇살처럼 순연한 언술로 지어진 단아한 집 한 채와 같다. 수필의 전반적인 내용을 끌고 가는 문장의 흐름 또한 유연하여 무슨 이야기를 하든지 품격을 보여준다. 맑은 개울물 소리가 잔잔한 물결로 흐르는 이홍수 수필 문장의 저변에는 그만큼 조용한 생명의 숨소리를 듣게 된다. 글은 그 사람의 얼굴이라고 했다. 세상 모든 글쓰기에 종사하는 사람들이 사용하는 언술 속에는 그만이 지니고 있는 정서로 채색한 색감이 있어 그 사람을 느끼게 된다는 것이다. 소소한 일상 속에서 느끼는 삶의 철학과 사유의 깊이로 구조해 놓은 이홍수 수필세계의 진수를 독자는 단숨에 체득할 수 있으리라 믿고 있다.

벚꽃이 진 자리, 싱그러운 가로수 잎들 사이로 한 줄기 시원한 바람이 스친다. 새들의 지저귐도 요란하게 들려온다. 걸어가는 길마다 풀 냄새가 코끝을 스친다. 빨간 장미 넝쿨이 담장 넘어 줄지어 향기로운 인사를 한다. 여름으로 가는 길목은 한층 풍요롭다. 나날이 새로워지는 자연을 유심히 관찰하며 느껴보는 일상도 우리에겐 소소한 즐거움이다. 오늘 알뜰시장에서 오이를 한 접 배달시켰다. 해마다 장마가 오기 전 이맘때면 오이지를 담는다. 장마가 오면 시장가기도 힘들고 먹을 만한 채소가 마땅치 않다. 오이지를 새콤달콤하게 무치기도 하고 무더울 때는 시원하게 오이냉국으로 더위를 달래본다.

우리들은 늘 삶에서 몇 번 올까 말까 한 큰 기쁨만 막연하게 기다리고 있다. 주위에 있는 작고 소소한 일상 속 즐거움들의 소중함을 인식하지 못하고 그냥 지나쳐 버리기 일쑤다. 하루하루 살아가는 나날이 다시는 또 우리에게 오지 않는 날이라고 생각해본다. 비록 오늘이 우리에게 최고의 날이 아니라 할지라도 감사한 마음으로 기쁘게 살아가야 할 용기가 생긴다. 소소한 즐거움을 한순간도 놓치지 않고 쌓으면 그것이 곧 생활의 큰 즐거움이 된다는 진리를 배운다.

　　　　　　　　　　　　　　　　　 - 수필 「소소한 즐거움」 중에서

　알싸한 봄 냄새를 맡으며 꽤 가파른 근처 산길을 오른다. 친구가 있어 지루하거나 힘들지 않다. 눈에 보이는 자연의 변화와 일상_{日常}의 이야기로 쉼 없이 대화가 이어진다. 반나절 만에 돌아올 수 있는 짧은 코스에도 같이하는 친구가 있다는 것은 언제나 설레고 든든하다. 세상이라는 길고 폭넓은 길을 함께할 수 있는 좋은 친구를 만난다는 것은 가장 원초적이고 절실한 염원이다.

　해가 어스름히 질 무렵 동네 어귀에 노부부가 다정하게 걸어오고 있다. 언뜻 보기에 팔십 대 후반으로 보인다. 아직은 두 분의 건강이 겉으로 보아서는 아주 나빠 보이지는 않는다. 새삼스럽게 존경스러운 마음이 우러난다. 저분들도 삶이란 전쟁터에서 생사고락_{生死苦樂}을 같이하는 전우_{戰友}가 되어 지금까지 걸어왔을 것이다. 때로는 햇살 같은 자손들의 웃음에 희망을 걸고 아픈 상처를 서로 어루만지며 이제는 서서히 종착역을 향해 가고 있다. 외롭고 힘든 길에 늦도록 동행하는 부부를 만난다는 것은 가장 고귀한 예술작품을 보는 듯 진한 감동과 위로를 받는다.

　　　　　　　　　　　　　　　　　　　 - 수필 「동행」 중에서

지난 시간의 모든 문학작품은 그 시대의 생활상을 반영하는 우주적 통찰이 배어있다. 하물며 문화예술뿐 아니라 정치 경제에 이르기까지 투명한 배후의 내력으로 예술작품은 가차 없이 스며든다. 특히 수필문학이 근접하고 있는 사실 체험의 근거에는 일상의 굴레에서 시작되고 확대되는 삶의 편린이어서 시대적 배경은 어느 문학 장르보다 두드러진다고 볼 수 있다. 이홍수 수필가는 한 가정의 주부이면서 수필을 쓰는 문학인이다. 수필 「소소한 즐거움」에서 우리는 가족과 이웃이 함께 모인 작은 일상이 전하는 삶의 즐거움이 얼마나 소중한지를 온몸으로 체득하게 된다. 주말 농장 텃밭에서 바로 딴 상추와 고추, 쑥갓을 씻어 식탁에 둘러앉아 먹는 점심은 어느 진수성찬보다 훌륭한 맛이었다는 사실이다. 인스턴트식품에 길들여진 아이들에게 투명한 빨간 열매를 매어단 보리수나무의 신비를 전해주고, 보라색 꽃을 피운 라벤더와 으아리 꽃의 순연한 아름다움은 순도 높은 추억의 일편이 되리라 믿게 된다. 자연산 산딸기 앵두를 따다 먹으며 신기해하는 맑은 공기 속 하루의 즐거움은 어떤 가치로 기억될 것인지 생각하게 한다. '비록 오늘이 우리에게 최고의 날이 아니라 할지라도 감사한 마음으로 기쁘게 살아가야 할 용기가 생긴다. 소소한 즐거움을 한순간도 놓치지 않고 쌓으면 그것이 곧 생활의 큰 즐거움이 된다는 진리'를 수필 「소소한 즐거움」은 자연 속 하루가 갖는 행복으로 깨우치게 한다.

　　누군가와 함께 걷는 길은 외롭지 않다. 마음을 같이 모아 하나의 이정표를 향해 동행할 수 있다면 아름다운 삶임에 분명하다. 그러나 이

같이 이상적인 동행의 인연은 쉬이 허락되지 않는다. 무엇보다 부부의 연緣으로 맺어지는 운명적인 만남은 하늘이 점지하는 인연이어야 성립될 수 있다고 한다. 하지만 대한민국의 오늘은 나날이 증가하는 이혼 부부의 통계 순위 세계 제1위라는 불명예를 낳고 말았다. 생면부지의 두 사람이 부부의 연을 맺고 평생의 삶을 살아간다는 것은 얼마나 신성한 일인가. 수필 「동행」은 어떤 고난이 다가오더라도 참고 견디어 인연의 소중함을 지혜롭게 배려하고 이해하는 삶으로 지켜내야 한다는 의미로 규결된다. 같은 핏줄의 형제자매끼리도 이권에 눈이 멀어 평생 남남으로 사는 세상이다. 그럼에도 해가 어스름히 질 무렵 동네 어귀에서 노부부가 다정하게 걸어오는 모습을 바라보며 존경스러운 마음으로 화자는 지켜보고 있다. 이들은 전쟁터에서 생사고락生死苦樂을 같이한 전우戰友처럼 때로는 웃고 때로는 분노하면서도 서로의 상처를 어루만지며 팔십 후반의 인생길을 유유자적 풍미할 수 있었을 것이라는 생각에 이르게 된다. 인생 종착역을 향한 아름다운 동반자는 한 폭의 진한 예술작품을 조각해 내고 있다는 것이다. 원초적인 외로움을 짊어지고 살 수밖에 없는 사람들에게 위로가 될 수 있다면 누군가와 함께 어딘가를 걸어갈 수 있는 행복이라고 수필 「동행」은 노부부의 행보로 가늠하고 있다.

깊은 겨울잠을 깨우느라 샛바람은 연신 대지大地를 흔들어댄다. 진눈깨비까지 흩날리며 매섭고 세차게 때로는 부드럽고 포근하게 담금질을 한다. 순리에 몸을 맡기고 잘 이겨낸 생물은 순조로운 출발을 시작한다. 잎이 돋고 꽃이 피는 환희도 맛보고 신록이 무성한 가지들을 거느리게 된다. 우리 인간도 삶에 자연스럽게 닥치는 변화를 순리로 받아들일 수 있는 훈련이 필요하다.

사춘기인 손녀에게 짬이 날 때마다 읽도록 추천하고 싶은 책이 떠오른다. 1908년 캐나다 작가 루시 모드 몽고메리의 『빨강 머리 앤』이다. 독신 남매 매튜와 마릴라에게 입양된 고아 소녀 앤이 독창적인 상상력으로 어떤 상황에서도 희망을 만들어 내는 이야기다. 1919년에 출간된 헤르만 헤세의 『데미안』은 주인공 싱클레어가 여러 사람을 만나고 수많은 일들을 몸으로 부딪치며 올바른 인간으로 성장하는 과정을 담고 있다. 학습도 좋지만 청소년기는 자신의 정체성과 앞으로 어떻게 삶을 살아갈지를 고민하는 시기이다. 여러 가지 책을 통해 간접적으로 힘든 일과 좋은 경험을 거치면서 마음속의 크고 작은 갈등을 순리에 따라 잘 극복했으면 좋겠다.

- 수필 「순리」 중에서

플랫폼에 내려서자 후덥지근한 여름 바람 사이로 비릿한 바다 냄새가 묻어온다. 역 뒤로 즐비하게 늘어선 컨테이너 선박들은 우리나라 제일의 항구도시임을 말해준다. 큰딸이 부산에 살고 있다. 대학에서 강의하는 사위와 손녀가 방학을 하면 우리 내외가 내려가서 며칠씩 묵고 온다. 갈 때마다 부산의 유명한 관광지와 먹을거리를 찾아나선다. 해안가에 쭉쭉 뻗은 마천루의 숲은 나날이 발전하는 도시의 모습이다. 이제 부산은 세계 어디에도 뒤지지 않을 만큼 경제적으로나 문화적으로 손색없는 면모를 갖추어 가고 있다.

1950년 꿈에도 잊지 못할 동족상잔의 비극인 6·25전쟁이 일어났다. 오로지 살아야 한다는 일념으로 어쩔 수 없이 고향을 등지고 빈손으로 밀려온, 그 시절 마지막 피난처가 부산이었다. 영화 〈국제시장〉에서 보여 주듯이 부산 피난 시절의 울고 웃던 우리 민족의 애환은 눈물 없인 볼 수가 없었다. 이 영화의 관객이 1,400만을 돌파한 힘은 비참한 전쟁을 겪고도 슬기롭게 헤쳐나간 선대들의 생생한 감동의 기록이 담겨 있기 때문이다. 국토의 분단으로 전쟁이 끝나고도 고향으로 돌아가지 못한 피난민들이 많았다. 그들은 끈질긴 생활력으로 부산 시민과 함께 숱한 어려움을 무릅쓰고, 파괴와 혼란의 도시를 오늘의 부산으로 만들었다.

– 수필 「부산 1」 중에서

순리, 무리하지 않는 도리나 이치를 이르는 말이다. 자연스레 주어진 일들에 대한 순연한 받아들임이다. 예기치 않게 다가서는 운명과도 같은 변화에 대하여 반목하거나 대립하게 될 때 대개는 순리를 거스르는 일이라고 말하곤 한다. 수필 「순리」는 겨울잠에서 깨어난 자연의 생동하는 몸짓을 바라보며 불현듯 불어 닥친 죽음과도 같은 혹한을 딛고 일어선 생명들에게 예비한 환희의 가치가 얼마나 아름다운가를 제시하고 있다. 한참 사춘기 심신의 통증을 겪고 있는 손녀에게 기대하는 할머니의 애정 어린 메시지이기도 하다. 저 광활한 대지가 겨울 한파를 딛고서야 봄이면 생명을 돋아 올리는 이치처럼 '인간도 삶에 자연스럽게 닥치는 변화를 순리로 받아들일 수 있는 훈련이 필요하다.'는 것이다. 싹을 틔우고, 잎을 펼치며, 꽃을 피우는 봄날의 저 꽃나무가 무심으로 존재할 수 없다는 안목이다. 수필 「순리」는 그만큼 빙하의 겨울을 딛고 서있는 고뇌하는 이들에게 던지는 겨울 햇살 같은 따사로운 메시지가 아닐 수 없다. 이쯤에서 이홍수 수필의 색감을 다시 한 번 감각해 낼 수 있을 것 같다. 어느 수필가의 수필집에선 다분히 교시적인 지식이나 방법 등을 가르치는 언술이 수필문장 속에 드러나게 되는데 이는 매우 위험한 발상이다. 문학작품 속에서 필자는 마치 세상 모든 이치를 깨우친 선자처럼 으스대거나 지시하거나 할 때 독자는 더 이상 페이지를 넘기지 않고 책을 덮을 수 있다는 사실을 간과해서는 안 될 일이다. 하지만 이홍수 수필은 분명 글 속 이야기를 펼치는 화자로서 차분히 객관적 사실에 대한 길잡이 역할을 충실하게 하고 있다는 점에 주목해야 한다. 앞서 서두에 언급했지만 이홍수 수필은 잔잔한 시냇물의 유유한 흐름을 내장하여 독자를 위한, 독자의 기대에 배반하지 않는 작가라는 사실이다.

수필 「부산 1」은 기행수필이다. 이 수필의 흐름은 대한민국의 제2수도 부산의 이모저모 명소를 안내하고 있다. 시간과 공간을 달리하며 가이드의 역할을 충실하게 수행하는 수필은 새로운 눈으로 그리는 조감도가 아닐 수 없다. 1950년 동족상잔의 비극인 6·25전쟁이 일어나자 부산은 고향을 등지고 빈손으로 밀려온 피난민의 집결지였다. 이산가족의 마지막 피난처가 된 이 지역은 민족의 애환을 안고 있는 '국제시장'을 중심으로 피난민의 역사를 조명한 영화로 유명해진 명소이다. 이홍수 수필가의 딸네가 살고 있는 해운대는 국제회의나 무역 박람회 같은 굵직굵직한 행사를 치를 수 있는 벡스코 건물을 지나, 돼지국밥으로 저녁 식사를 하고 동백섬으로 출발했다. 조용필의 가요로 유명한 이곳은 예전엔 섬 전체가 동백꽃으로 붉게 물들어 있었다고 한다. 누리마루 APEC 하우스, 광안대교, 오육도, 달맞이고개, 해동 용궁사 등 부산을 잘 알지 못하는 사람들에게 호기심을 불러일으키기에 충분한 기행일정은 나날이 발전하는 도시의 면모를 상세히 전해주고 있었다. 한 편의 기행수필인 이 작품은 다복한 가족의 행복도 겹으로 더하고 있다. 딸과 사위 손자들이 살고 있는 부산에 갈 때마다 부산의 유명한 관광지와 먹을거리를 찾아 나서게 된다는 행복이다.

다녀온 후 2개월 남짓 된 날 아침이다. 외출을 하려고 한창 준비를 하던 중 그녀의 남편에게서 카톡이 왔다. 무심코 열어보니 '저의 집사람이 심장마비로 사망하여 가족만으로 장례를 마쳤음을 알려드립니다. 마음이 정리되는 대로 연락드리겠습니다.'라고 쓰여 있었다. 이런 무슨 뚱딴지같은 소린가? 눈을 의심하며 두근거리는 가슴으로 몇 번이나 문자를 확인해도 내용은 달라지지 않았다. 온몸에 힘이 빠지고 말문이 막혔다. 저번 방문 때 깜빡 잊고 준비해 둔 복숭아 식초를 못 주었다고 안타까워 전화가 왔었다. 그녀의 마지막 목소리가 아련히 들리는 것 같다. 산다는 것은 이렇게 아무 예고도 없이 어느 날 갑자기 영원한 이별을 할 수도 있는 것이구나.

톨스토이는 살면서 늘 죽음을 기억하라고 일렀다. 지금 살아 있는 이 순간이 소중한 선물처럼 느껴지며 순간순간 충실한 삶을 살아

갈 수 있기 때문이다. 그동안 불편함을 인내하며 최선을 다해 살아온 후회 없는 그녀의 삶에 한없는 경의를 표한다. 오늘은 외출을 자제하고 누구보다 음악을 좋아했던 그녀를 기억하며 안드레아 보첼리의 〈Time to say goodbye〉를 들어야겠다. 영혼을 울리는 그의 목소리를 들으며 그녀의 편안한 안식을 간절히 기도하고 싶다.

– 수필 「아름다운 이별」 중에서

　모든 검사를 마친 결과 암이라는 뜻밖의 병명에 우리 부부는 놀라고 당황하였다. 다행히 시기와 부위가 수술로 치유할 수 있는 정도라는 의사의 말을 믿고 수술을 시도했다. 수술실에 들어간 환자가 회복실로 왔다는 문자를 초조하게 기다리며 연신 핸드폰을 열어본다. 언뜻 병실 창밖 저만치 올림픽 대교가 보인다. 다리 밑 강물은 초가을 밝은 햇살이 쏟아져 온통 윤슬로 눈이 부시다. 올림픽대로를 달리는 차들은 꼬리에 꼬리를 물고 여느 때와 같이 모두 바쁘게 달린다. 창밖은 생동감 넘치는 일상이 이어지고 창 안쪽의 병실은 고요한 침묵 속에 간절한 기도가 새어 나온다. 오늘따라 창밖에 일어나는 모든 것들이 처음 보는 것처럼 낯설고 더욱 소중하게 느껴진다

　지금 노인 세대인 칠팔십 대는 젊은 날 제대로 휴가 한번 즐기지 못하고 온몸을 바쳐 경제를 일으켜 세운 주인공들이다. 또 어른들을 봉양한 마지막 세대이고 아래로는 버림받는 첫 번째 세대라는 서글픈 말이 떠오른다. 때로는 현 사회에 섭섭한 마음이 들 수도 있지만 어쩔 수 없는 시대의 흐름에 적응할 수밖에 없다. 지나간 시대의 답습에서 벗어나 새로운 시대를 받아들이고 포용하는 마음가짐이 세

대 간의 화합을 이루는 지름길이다. 얼마 남지 않은 소중한 나날들을 한발 물러서서, 조용하고 품위 있게 마감할 수 있는 지혜를 터득하는 시간으로 채워가야겠다.

- 수필 「소중한 나날」 중에서

이별은 가슴 찢기는 아픔임에 분명하다. 만남이라는 의미로부터 시작되는 이 슬픔의 아이콘은 생명을 지닌 존재들에게는 피할 수 없이 맞이하게 되는 필연의 프로그램이다. 수필 「아름다운 이별」과 수필 「소중한 나날」을 감상하며 다시 한 번 이홍수 수필이 독자에게 건네는 생명의 존재적 의미에 대하여 생각을 모았다. 한 사람이 세상 속에 존재하였다 어느 순간 사라지고 마는 이 비극적 질서는 나무에서 마른 가을 잎이 떨어지는 순간, 몸서리치도록 절감하는 이별의 아픔이다. 떨어져 산산이 부서지고 재가 되는 일임을 눈으로 확인할 때면 더욱 절실하게 다가온다. 나이가 깊어 갈수록 청각을 자극하는 누군가 '부재'하게 되었다는 소식이 빈번해지고 있다. 한치 앞을 내다 볼 수 없는 현실 사회에서 어떤 이유에서건 꽃잎 떨어져 휘날리듯 사라지고 만다. 그렇게 살아남은 사람에게 남기고 가는 이별의 아픔을 수필 「아름다운 이별」은 극한의 슬픔(아름다운)으로 역설逆說하고 있다. '그녀의 마지막 목소리가 아련히 들리는 것 같다. 산다는 것은 이렇게 아무 예고도 없이 어느 날 갑자기 영원한 이별을 할 수도 있는 것이구나.' 마음 다지며 어이없이 사라진 그녀를 기억하는 일은 최선을 다해 살아온 그녀가 남긴 아름다운 삶을 마음 밭에 심는 일임을 잊지 않는다. 유난히 음악 감상하기를 즐기던 그녀를 위해, 영혼을 울리는 안드레아 보첼리의 목소리로 〈Time to say goodbye〉를 감상하고 있는 소중한 그녀를 잃은 친구의 가득한 슬픔을 우리는 아름답게 만나게 된다.

수필 「소중한 나날」은 이홍수 수필 속에서 절대적 인물인 남편과 함께한 일상과 투병을 시작하던 시기의 이야기를 담았다. 우리나라 근대화의 충실한 일꾼이었던 남편은 '세계는 넓고 할 일은 많다'는 수필집을 써서 유명한 D기업의 총수와 함께 중역으로 일했던 리더였다. 시대적인 흐름으로 해외 출장이 많아 남편은 집을 비우던 날이 많았다고 수필은 서술하고 있다. 하여 집안의 대소사나 아이들의 교육에 관한 문제를 차분하게 의논하고 참여할 시간적 여유도 쉽게 허락되지 않았던 남편이라고 밝힌다. 하지만 어느 날 사십 년 넘게 투신하던 직장생활을 접게 되었다는 회억에는 시대적 아픔도 느끼게 된다. 외환위기 이후 그룹 전체가 해체되는 어려움을 맞이하게 된 것이다. 하지만 보다 더 안타까운 점은 근대화 경제발전에 투신하여 대한민국 현대화의 동력의 한 사람인 이홍수 수필가의 남편은 이제 병고로 세상을 등지고 가족 곁을 떠난 지 1주기가 되었다. 갑작스런 신체적 이상 징후가 끝내는 죽음으로 이어진 오늘, 남편을 잃어버린 아내에게 있어 그가 남긴 일상들은 모두 소중한 나날이 되고 있으리라는 생각이다.

'요즘은 아침마다 잠결에 어렴풋이 주방에서 수돗물이 흐르는 소리, 그릇을 만지는 딸그락거리는 소리에 눈을 뜬다. 내가 아닌 누군가의 인기척이 반갑고 고맙다. 언제부턴가 미리 마련해 둔 간단한 아침 한 끼를 남편이 준비한다. 정신없이 바쁘게만 살았던 지난날들을 보상하듯 사명감을 가지고 마련한 아침은, 우리 부부의 하루 중 가장 행복한 시간이다. 약속이 있는 날을 제외하고는 시간에 쫓기지 않고 느긋하게 아침을 즐기며 소중한 하루가 시작된다.'

- 수필 「소중한 나날」 중에서

갑자기 영하로 내려간 기온에 정신이 번쩍 든다. 단풍이 여러 날 된 몸살을 앓고 조용히 내려앉은 자리에 어느새 하얀 눈이 소복이 쌓였다. 가는 계절을 미처 배웅할 사이도 없이, 오는 날들을 맞이할 준비로 몸과 마음이 분주하기만 하다. 극심한 가뭄으로 애태우던 농민들은 생각보다 잘 무르익은 과일과 알찬 곡식들을 갈무리하는 손길이 빨라진다. 겨우내 가족들을 부양할 음식을 장만하느라 주부들도 겨울 길목은 어느 때보다 힘들고 바쁜 나날을 보내고 있다.

서서히 눈이 그치려는지 시야가 조금씩 밝아진다. 문득 얼마 전 서설瑞雪 속에 가신 전직 대통령이 생각난다. 한평생을 오로지 민주화에 헌신한 발자취를 기리며 온 국민이 애도를 표했다. 세상에 태어난 모든 자연은 자기의 의무를 다하는 날 어김없이 본향으로 돌아간다. 새삼 예외가 없는 엄숙한 질서에 저절로 마음이 숙연해진다. 눈 감으면 아련히 떠오른다. 아지랑이 속에 새싹이 올라오는 봄, 태양의 열기로 무성한 여름, 서늘한 바람 속에 붉게 익어 가는 가을, 이별의 아픔을 딛고 지나간 시간을 돌아보며 새 삶을 준비하는 겨울 길목은 깊은 침묵에 잠긴다.

- 수필 「겨울 길목」 중에서

가을 늦도록 홀로 담장을 환하게 밝히던 칸나 꽃도 이제 무참히 지고 말았다. 매서운 바람에 이리저리 흩날리는 나뭇잎이 애처롭다. 온 여름 무성한 잎들로 시원한 그늘을 선사하고 가을이 되어 또 한 번 단풍으로 거듭 사명을 다한 뒤 지금은 지천으로 뒹구는 낙엽이 되었다. 해마다 바라보는 풍경이지만 올해는 느낌이 새롭다. 밭에 있는 김장 배추와 무를 뽑았다. 봄부터 가을까지 싱싱한 채소를 제공하던 채전菜田과 정원수가 혹독한 겨울을 잘 견딜 수 있게 구석구석 온종일 단속해 두었다.

백세시대를 바라보는 시점의 노후는 결코 만만하지 않다. 사회적으로도 개인을 평가하는 시선이 변해야 한다. 한 개인의 됨됨이나 능력보다 혈연이나 학연, 지연을 중시하는 사고로는 건전한 사회를 구축할 수 없다. 누구나 공부로만 평가되는 사회제도만 바뀌어도 과도한 교육비로 인한 부모들의 노후 걱정이 훨씬 개선될 수 있다. 남과 비교하지 않고 자식들이 가진 능력을 발휘하여 자립할 수 있도록 지켜보는 인내심도 필요하다. 부모도 노력한 만큼 노후를 누려야 한다는 자식들의 배려가 이어진다면 좀 더 사람들의 겨울 채비가 따뜻하게 되지 않을까 생각해 본다.

- 수필 「겨울 채비」 중에서

수필 「겨울 길목」은 가을에서 겨울로 접어드는 시간을 말한다. 나아가 강물의 이쪽에서 저쪽으로 넘어가는 다리 같은 의미를 지녔다고 보아도 될 것이다. 길목은 머물렀던 공간을 벗어난 새로운 공간의 낯설음이다. 때문에 이홍수 수필가는 '갑자기 영하로 내려간 기온에 정신이 번쩍 든다. 단풍이 여러 날 된몸살을 앓고 조용히 내려앉은 자리에 어느새 하얀 눈이 소복이 쌓였다. 가는 계절을 미처 배웅할 사이도 없이, 오는 날들을 맞이할 준비로 몸과 마음이 분주하기만 하다.'고 했다. 준비하지 못하고 겨울 길목에서 맞이하는 손님이다. 이처럼 예기치 않아 당황하게 될 때 얼마나 마음이 조급해지는지는 느껴본 사람들은 알 수 있다. 오늘 '겨울'이라는 춥고 얼어붙은 심정으로 맞이하고 있는 시작하는 계절의 시간 속에서 작가는 다양한 삶의 의미들을 펼쳐 놓고 이야기를 풀어낸다. '극심한 가뭄으로 애태우던 농민들은 생각보다 잘 무르익은 과일과 알찬 곡식들을 갈무리하는 손길이 빨라진다.'하고, '겨우내 가족들을 부양할 음식(김장 등)을 장만하느라 주부들도 겨울 길목은 어느 때보다 힘들고 바쁜 나날'을 보낸다고 했다. '매서운 바람과 함께 해마다 이맘때는 입시 한파까지 몰아친다.'는 것이다. 수필문학이 독자에게 친근감을 지니는 이유는 다감한 삶의 내력을 따뜻한 언술로 펼쳐낸다는 것이다. 조곤조곤한 목소리로 이홍수 수필가가 들려주는 이야기를 따라가 보면 그곳에는 삶의 질서와 사람의 도리와 이치를 깨닫게 하는 성찰의 '손'이 존재한다는 것이다. 손을 내어 어둠에 묻힌 사람을 빛으로 끌어내어 주고 위로하는 구원의 십자가를 만나게 한다는 것이다.

수필 「겨울 채비」는 겨울 길목에서 한걸음 앞으로 걸어가 겨울 추위를 막아낼 준비에 임해야 한다는 의미를 내포하고 있다. '겨울 추위'로 비유된 외롭고 쓸쓸한 노후의 삶을 미리 방비할 필요가 있음을 언급하고 있다. '무분별한 부모들의 헌신으로 자식들은 늦도록 독립하지 못하고 사회의 낙오자 또는 일명 캥거루족으로 부모에게 얹혀사는 딱한 처지가 된다.'는 것이다. 해마다 바라보는 풍경이지만 올해는 느낌이 새롭다고 한다. 밭에 있는 김장 배추와 무를 뽑으며 봄부터 가을까지 싱싱한 채소를 제공하던 채전菜田의 노고에 고마운 마음으로 흙을 다독이고, 정원수가 혹독한 겨울을 잘 견딜 수 있게 구석구석 온종일 단속해 두었다는 것이다. 겨울채비는 오는 봄의 아름다운 시작을 예비하고 있으며 작가는 이 생명의 시간을 위한 기도처럼 한 편의 수필을 마무리하고 있다. '황량한 빈 밭을 돌아보며 다가올 파릇한 봄을 성급하게 그려본다. 젊은 날 앞뒤 돌아볼 겨를도 없이 열심히 주어진 일로 허우적거리다 어느 날 코앞에 닥친 노년 같은 쓸쓸함이다. 지금 돌이켜보면 순간의 기쁨과 순간의 위안을 위해 우리들은 얼마나 많은 날들을 쉼 없이 달려왔는가.'

희뿌연 여명으로 희망찬 아침이 열린다. 세상의 모든 일상들은 다시는 밤이 오지 않을 것 같은 열기로 하루가 시작 된다. 이슬에 젖은 풀잎은 햇빛을 받아 물기를 털어내며 반짝이고, 갓 잠에서 깨어난 생명들은 너도 나도 활짝 기지개를 켠다. 한 낮의 에너지를 받아 생물들은 성장하고, 사람들은 각자 맡고 있는 다채로운 일과들로 분주하게 움직인다. 한숨 돌리는 순간 훌쩍 또 하루해가 지고 붉어지는 저녁노을을 바라본다. 다급한 마음으로 주어진 일감을 마무리하는 손길은 더욱 빨라진다. 나날이 반복되는 일상들이지만 시간은 어떤 경우에도 멈추지 않고 쉼 없이 흘러가 버린다는 사실을 나이가 들수록 더 뼈저리게 느낀다. 낮이 서서히 어둠속으로 묻히면 내일을 위한 재충전으로 밤은 또 고요한 시간을 갖는다. 자연의 오묘한 섭리가 새삼스럽고 놀랍기만 하다.

살아가다 보면 뛸 듯이 기쁜 시간도 오래가지 못한다. 기쁨으로 인해 파생되는 또 다른 걱정이 뒤 따른다. 도저히 견딜 수 없을 것만 같던 슬픔도 참고 시간이 지나면 기쁨으로 충만할 일도 생기기 마련이다. 동전의 양면과 같이 성공과 실패, 안정과 불안, 기쁨과 슬픔 등은 모두가 함께 우리의 삶 안에 맞물려 있다. 우리가 받아들일 수밖에 없는 삶의 양면성을 어두운 면만 바라보면 우울하여 절망의 수렁에 빠져 버린다. 밝은 면만 보면 헛된 환상에 젖어 삶이 허망하게 될 염려가 있다. 나쁜 일에는 그것을 통해 깨우침을 얻고 한층 성숙해지는 계기가 된다는 이치를 깨닫는다. 산다는 것은 어느 한곳으로 치우치지 않는 평정심을 가질 수 있도록 끊임없이 노력하는 과정이 아닐까 생각해 본다.

- 수필 「삶의 양면성」 중에서

양면성이라는 문제를 앞에 두고 수필 「삶의 양면성」에 주목해 본다. 세상을 내다보는 의미 속에는 빛과 어둠이라는 존재로부터 삶의 가치를 재단하지 않을 수 없게 된다. 범 우주적 생성과정을 통하여 세상은 낮(빛)과 밤(어둠)으로 분리되며, 하늘과 땅, 죄와 벌, 기쁨과 슬픔, 아침과 저녁, 남과 여, 생과 사 등의 다각적인 의미로 양면성을 지니고 있다. 까닭에 이 양면적인 구조를 통하여 생명은 움을 틔우고 꽃을 피우며 열매를 맺는 연결고리를 이어가고 있는 것이다. 작가는 '살아가다 보면 떨듯이 기쁜 시간도 오래가지 못한다. 기쁨으로 인해 파생되는 또 다른 걱정이 뒤 따른다. 도저히 견딜 수 없을 것만 같던 슬픔도 참고 시간이 지나면 기쁨으로 충만할 일도 생기기 마련이다.'라고 했다. 해가 뜨면 지는 시간이 다가오며, 어둠은 아침이라는 빛을 밝히기 위해 밤새 불면으로 뒤척이는 것이다. 한 생명이 세상 밖으로 이사를 가는 장례절차를 통하여 생사의 양면성을 그려내는 이 수필은 죽음이라는 이별의 슬픔을, 찬란한 봄날의 흐드러지게 피어난 눈부신 벚꽃에 대입시키고 있다. 극과 극이 마주서는 생명의 양면성이다. '돌아오는 길에는 찬란한 봄과 함께 연녹색 새순이 봄바람에 살랑거리고, 벚꽃이 눈부시도록 하얗게 뭉게구름처럼 피어있었다.'는 것이다.

수필문학은 진중한 삶의 성찰로부터 시작한다. 붉게 물든 가을 단풍이 침묵 속에서 색감으로 들려주는 저 이별의 노래를 가슴에 담을 수 있는 것처럼, 섣부른 언어로 과시하는 자랑이 아니다. 한 자락의 바람으로 흔들리는 존재의 가치를 묵묵히 관조하는 질문에 의한 답이며, 끝내는 이루어 낼 수 없는 삶이며, 이루어진 삶의 자국이다. 까닭에 수필문학은 허튼 언술로 달뜨지 않고 독자 앞에서 한 겹 고개를 숙일 줄 아는 가난한 사람이다. 오늘 품격 있는 한 권의 수필집을 출간하는 이흥수 수필이 들려줄 많은 이야기는 독자들의 가슴에 훈훈한 향기를 피워

주시리라 믿는다. 또한 지극히 숨죽인 사랑하는 이를 떠나보낸 이별의 노래는 오히려 절실한 사랑의 가치로 가슴에 담을 수 있었다는 점을 밝히며, 더 단단한 수필문학의 정수를 짚어주시기 기원드린다.

정물, 최길성作, 2008년

소중한 나날

이흥수 수필집